UN ROMAN FRANÇAIS

Frédéric Beigbeder est né à Neuilly-sur-Seine en 1965. En 1990, il publie son premier roman : *Mémoires d'un jeune homme dérangé*. Ce livre raconte ce qui s'est passé entre ces deux dates.

Paru dans Le Livre de Poche :

Vacances dans le coma

Au secours pardon

FRÉDÉRIC BEIGBEDER

de l'Académie des Lettres Pyrénéennes

Un roman français

ROMAN

Préface de Michel Houellebecq

GRASSET

Préface

La plus grande qualité de ce livre est sans nul doute son honnêteté. Lorsqu'il est à ce point honnête, un livre peut très bien amener, comme par inadvertance, à de vraies découvertes sur la nature humaine – la littérature, en ce domaine, conservant plusieurs longueurs d'avance sur les sciences. On se rend compte ainsi, en lisant *Un roman français*, que la vie d'un homme se divise en deux périodes, l'enfance et l'âge adulte, et qu'il est absolument inutile de raffiner l'analyse. Autrefois, peut-être, existait une troisième époque, appelée *vieillesse*, qui faisait le lien, où les souvenirs d'enfance revenaient, qui redonnait un semblant d'unité à une vie humaine. Mais pour entrer dans la vieillesse il fallait l'avoir accepté, être sorti de la vie, entré dans l'âge du souvenir. Engagé dans des désirs et des projets d'adulte, l'auteur n'en est pas là, et n'a presque aucun souvenir de son enfance.

Il en a un, pourtant, qui met en scène des crevettes, et une plage de la côte basque. Procédant comme Cuvier reconstituant un squelette de dinosaure à partir d'un fragment d'os, Frédéric Beigbeder reconstitue, à partir de ce seul souvenir, l'ensemble de son histoire familiale. C'est un travail sérieux, solide, où l'on découvre une famille française, mélange finalement harmonieux de bourgeoisie et d'aristocratie, à forte implantation régionale. Une famille héroïque jusqu'à l'absurde pendant la Première Guerre mondiale ; un peu plus réservée, du coup, lorsque éclata la Seconde. Saisie après 1945 d'un vif appétit de consommation, appétit qui franchira un nouveau palier après 1968 en se généralisant au domaine des *mœurs*. Une famille comme beaucoup d'autres, plutôt appartenant aux classes élevées, mais c'est la banalité de l'histoire familiale de Beigbeder qui fait sa force : parce que c'est toute l'histoire de France au XXe siècle qui défile en même temps devant nos yeux, retracée sans effort apparent. On se perd un peu entre les personnages, parfois, à première lecture, c'est la seule chose qu'on pourrait reprocher à l'auteur.

À l'adolescence tout change, les souvenirs affluent, mais ce sont deux choses au fond, et deux choses surtout, qui surnagent, pour l'auteur, dans le souvenir : les filles qu'il a aimées, les livres qu'il a lus. Est-ce que c'est cela, uniquement, la vie, et ce qui en demeure ? Il semble bien que oui. Et, là aussi, l'honnêteté de Beigbeder est si évidente que l'on ne songe même pas à mettre ses conclusions en doute. Si c'est cela en effet, et cela seul, qui lui paraît important, c'est que cela seul l'est. Le plaisir de l'autobiographie est au fond presque inverse de celui du roman : loin de se perdre dans l'univers de l'auteur, on ne s'oublie jamais soi-même, lorsqu'on lit une autobiographie ; on se compare, on se confronte, on vérifie, page après page, l'appartenance à une commune humanité.

J'ai moins aimé ce qui concerne les nuits passées en garde à vue pour consommation de cocaïne sur la voie publique. C'est curieux, j'aurais dû sympathiser, ayant moi-même passé une nuit en prison pour une infraction à peu près aussi conne (avoir fumé une cigarette dans un avion) – et, je confirme, les conditions de détention, ce n'est pas tout à fait ça. Mais l'auteur et son ami le poète sont un peu revendicatifs, grandes gueules. L'évocation de l'enfant, petite chose malingre tout en menton et en oreilles, suivant de son mieux un grand frère admiré et aimé, est brève ; mais elle a une telle force que j'ai eu l'impression de sentir cet enfant qui lisait, par-dessus mon épaule, tout au long du livre. Dans cet épisode délinquant, quelque chose ne va pas : l'enfant ne se reconnaît pas dans l'adulte qu'il est devenu. Et, là aussi, c'est probablement la vérité : l'enfant n'est pas le père de l'homme. Il y a l'enfant, il y a l'homme ; et, entre les deux, il n'existe aucun rapport. C'est une conclusion inconfortable, embarrassante : on aimerait qu'au centre de la personnalité humaine il y ait une certaine unité ; c'est une idée dont on peine à se détacher ; on aimerait pouvoir faire le lien.

Le lien, on le fait par contre, d'emblée, dans les pages que l'auteur consacre à sa fille, sans doute les plus belles du livre. Parce que insensiblement il se rend compte, et nous nous rendons compte avec lui, que ces années de l'enfance, que traverse sa fille, sont les seules années de bonheur vrai. Et que rien, ni l'amour qu'il lui donne, ne l'empêchera de trébucher dans les mêmes obstacles, de sombrer dans les mêmes ornières. Ce mélange de plus en plus poignant de tristesse secrète et d'amour culmine dans le magnifique épilogue, qui justifierait à lui seul le livre, où l'auteur enseigne à sa fille, comme son grand-père le lui avait enseigné, l'art du ricochet. La boucle se referme, à ce moment, et tout est justifié. La pierre qui s'élève magiquement, « six, sept, huit fois » au-dessus de la mer. La victoire, limitée, contre la pesanteur.

Michel HOUELLEBECQ

« *Comme un printemps les jeunes enfants croissent*
Puis viennent en été
L'hiver les prend et plus ils n'apparoissent
Cela qu'ils ont été. »

Pierre de RONSARD, *Ode à Anthoine*
de Chasteigner, 1550.

à ma famille
et à Priscilla de Laforcade
qui en fait partie.

Prologue

Je suis plus vieux que mon arrière-grand-père. Lors de la deuxième bataille de Champagne, le Capitaine Thibaud de Chasteigner avait 37 ans quand il est tombé, le 25 septembre 1915 à 9 h 15 du matin, entre la vallée de la Suippe et la lisière de la forêt d'Argonne. J'ai dû harceler ma mère de questions pour en savoir plus ; le héros de la famille est un soldat inconnu. Il est enterré au château de Borie-Petit, en Dordogne (chez mon oncle) mais j'ai vu sa photographie au château de Vaugoubert (chez un autre oncle) : un grand jeune homme mince en uniforme bleu, aux cheveux blonds coiffés en brosse. Dans sa dernière lettre à mon arrière-grand-mère, Thibaud affirme qu'il ne dispose pas de tenailles pour découper les barbelés afin de se frayer un chemin vers les positions ennemies. Il décrit un paysage crayeux et plat, une pluie incessante qui transforme le terrain en marécage boueux et confie qu'il a reçu l'ordre d'attaquer le lendemain matin. Il sait qu'il va mourir ; sa lettre est comme un « snuff movie » – un film d'horreur réalisé sans trucages. À l'aube, il a accompli son devoir en entonnant le

Chant des Girondins : « Mourir pour la patrie, c'est le sort le plus beau, le plus digne d'envie ! » Le 161ᵉ Régiment d'Infanterie s'est jeté sur un mur de balles ; comme prévu, mon arrière-grand-père et ses hommes ont été déchiquetés par les mitrailleuses allemandes et asphyxiés au chlore. On peut donc dire que Thibaud a été assassiné par sa hiérarchie. Il était grand, il était beau, il était jeune, et la France lui a ordonné de mourir pour elle. Ou plutôt, hypothèse qui donne à son destin une étrange actualité : la France lui a donné l'ordre de se suicider. Comme un kamikaze japonais ou un terroriste palestinien, ce père de quatre enfants s'est sacrifié en connaissance de cause. Ce descendant de croisés a été condamné à imiter Jésus-Christ : donner sa vie pour les autres.

Je descends d'un preux chevalier qui a été crucifié sur des barbelés de Champagne.

1

Les ailes coupées

Je venais d'apprendre que mon frère était nommé chevalier de la Légion d'honneur, quand ma garde à vue commença. Les policiers ne me passèrent pas tout de suite les menottes dans le dos ; ils le firent seulement plus tard, lors de mon transfert à l'Hôtel-Dieu, puis quand je fus déféré au Dépôt sur l'île de la Cité, le lendemain soir. Le président de la République venait d'écrire une lettre charmante à mon frère aîné, le félicitant pour sa contribution au dynamisme de l'économie française : « Vous êtes un exemple du capitalisme que nous voulons : un capitalisme d'entrepreneurs et non un capitalisme de spéculateurs. » Le 28 janvier 2008, au commissariat du VIIIᵉ arrondissement de Paris, des fonctionnaires en uniforme bleu, revolver et matraque à la ceinture, me déshabillaient entièrement pour me fouiller, confisquaient mon téléphone, ma montre, ma carte de crédit, mon argent, mes clés, mon passeport, mon permis de conduire, ma ceinture et mon écharpe, prélevaient ma salive et mes empreintes digitales, me soulevaient les couilles pour voir si je cachais quelque chose dans mon trou du cul, me photographiaient de face, de profil, de trois quarts, tenant entre les mains un carton anthropométrique, avant de me reconduire dans une cage de deux mètres carrés aux murs couverts de graffitis, de sang séché et de morve. J'ignorais alors que, quelques jours plus tard, j'assisterais à la remise de Légion d'honneur de mon frère au palais de l'Élysée, dans la salle des fêtes, qui est moins étroite, et que je regarderais alors par les baies vitrées le vent troubler les feuilles des chênes du parc, comme si elles me faisaient signe, m'appelaient dans le jardin présidentiel. Allongé sur un banc en ciment, aux alentours de quatre heures du matin, en ce soir noir, la situation me semblait simple : Dieu croyait en mon frère et Il m'avait abandonné. Comment deux êtres aussi proches dans l'enfance avaient-ils pu connaître des destins aussi contrastés ? Je venais d'être interpellé pour usage de stupéfiants dans la rue avec un ami. Dans la cellule voisine, un pickpocket tapait du poing sur la vitre sans conviction, mais avec suffisamment de régularité pour interdire tout sommeil aux autres détenus. S'endormir eût été de toute façon utopique car même quand les séquestrés cessaient de beugler, les policiers s'apostrophaient à haute voix dans le couloir, comme si leurs prisonniers étaient sourds. Il flottait une odeur de sueur, de vomi et de bœuf-carottes mal réchauffé au micro-ondes. Le temps passe très lentement quand on n'a plus sa montre et que personne ne songe à éteindre le néon blanc qui clignote au plafond. À mes pieds, un schizophrène plongé dans un coma éthylique gémissait, ronflait et pétait à même le sol de béton crasseux. Il faisait froid, pourtant j'étouffais. J'essayais de ne penser à rien mais c'est impossible : quand on enferme quelqu'un dans une niche de très petite taille, il gamberge affreusement ; il tente en vain de repousser la panique ; certains supplient à genoux qu'on les laisse sortir, ou piquent des crises de nerfs, parfois tentent de mettre fin à leurs jours, ou avouent des crimes qu'ils n'ont pas commis. J'aurais donné n'importe quoi pour un livre ou un somnifère. N'ayant ni l'un, ni l'autre, j'ai commencé d'écrire ceci dans ma tête, sans stylo, les yeux fermés. Je souhaite que ce livre vous permette de vous évader autant que moi, cette nuit-là.

2

La grâce évanouie

Je ne me souviens pas de mon enfance. Quand je le dis, personne ne me croit. Tout le monde se souvient de son passé ; à quoi bon vivre si la vie est oubliée ? En moi rien ne reste de moi-même ; de zéro à quinze ans je suis face à un trou noir (au sens astrophysique : « Objet massif dont le champ gravitationnel est si intense qu'il empêche toute forme de matière ou de rayonnement de s'en échapper »). Longtemps j'ai cru que j'étais normal, que les autres étaient frappés de la même amnésie. Mais si je leur demandais : « Tu te souviens de ton enfance ? », ils me racontaient quantité d'histoires. J'ai honte que ma biographie soit imprimée à l'encre sympathique. Pourquoi mon enfance n'est-elle pas indélébile ? Je me sens exclu du monde, car le monde a une archéologie et moi pas. J'ai effacé mes traces comme un criminel en cavale. Quand j'évoque cette infirmité, mes parents lèvent les yeux au ciel, ma famille proteste, mes amis d'enfance se vexent, d'anciennes fiancées sont tentées de produire des documents photographiques.

« Tu n'as pas perdu la mémoire, Frédéric. Simplement, tu ne t'intéresses pas à nous ! »

Les amnésiques sont blessants, leurs proches les prennent pour des négationnistes, comme si l'oubli était toujours volontaire. Je ne mens pas par omission : je fouille dans ma vie comme dans une malle vide, sans y rien trouver ; je suis désert. Parfois j'entends murmurer dans mon dos : « Celui-là, je n'arrive pas à le cerner. » J'acquiesce. Comment voulez-vous situer quelqu'un qui ignore d'où il vient ? Comme dit Gide dans *Les Faux-Monnayeurs*, je suis « bâti sur pilotis : ni fondation, ni sous-sol ». La terre se dérobe sous mes pieds, je lévite sur coussin d'air, je suis une bouteille qui flotte sur la mer, un mobile de Calder. Pour plaire, j'ai renoncé à avoir une colonne vertébrale, j'ai voulu me fondre dans le décor tel Zelig, l'homme-caméléon. Oublier sa personnalité, perdre la mémoire pour être aimé : devenir, pour séduire, celui que les autres choisissent. Ce désordre de la personnalité, en langage psychiatrique, est nommé « déficit de conscience centrée ». Je suis une forme vide, une vie sans fond. Dans ma chambre d'enfant, rue Monsieur-le-Prince, j'avais punaisé, m'a-t-on dit, une affiche de film sur le mur : *Mon nom est personne*. Sans doute m'identifiais-je au héros.

Je n'ai jamais écrit que les histoires d'un homme sans passé : les héros de mes livres sont les produits d'une époque d'immédiateté, paumés dans un présent déraciné – transparents habitants d'un monde où les émotions sont éphémères comme des papillons, où l'oubli protège de la douleur. Il est possible, j'en suis la preuve, de ne garder en mémoire que quelques bribes de son enfance, fausses pour la plupart, ou façonnées a posteriori. Pareille amnésie est encouragée par notre société : même le futur antérieur est en voie de disparition grammaticale. Mon handicap sera bientôt banal ; mon cas va devenir une généralité. Reconnaissons toutefois qu'il n'est pas courant de développer les symptômes de la maladie d'Alzheimer au mitan de sa vie.

Souvent je reconstruis mon enfance par politesse. « Mais si, Frédéric, tu te souviens ? » Gentiment, je hoche la tête : « Ah oui, bien sûr, j'ai collectionné les vignettes Panini, j'étais fan des Rubettes, ça me revient, maintenant. » Je suis navré de l'avouer ici : rien ne revient jamais ; je suis mon propre imposteur. J'ignore complètement où j'étais entre 1965 et 1980 ; c'est peut-être la raison pour laquelle je suis égaré aujourd'hui. J'espère qu'il y a un secret, un sortilège caché, une formule magique à découvrir pour sortir de ce labyrinthe intime. Si mon enfance n'est pas un cauchemar, pourquoi mon cerveau maintient-il ma mémoire en sommeil ?

3

Auto-flashbacks

J'ai été un garçon sage, qui a suivi docilement sa mère dans ses pérégrinations, tout en se chamaillant avec son frère aîné. Je fais partie de la foule des enfants non problématiques. Une crainte me saisit parfois : peut-être que je ne me souviens de rien parce qu'il n'y a rien à se remémorer. Mon enfance serait une longue succession de journées vides, ennuyeuses, mornes, monotones comme des vagues sur une plage. Et si je me souvenais en réalité de tout ? Et si mes débuts dans l'existence ne comptaient aucun événement marquant ? Une enfance protégée, couvée, privilégiée, sans originalité ni relief – et de quoi me plaindrais-je ? Échapper aux malheurs, aux drames, aux deuils et aux accidents est une chance dans la construction d'un homme. Ce livre serait alors une enquête sur le terne, le creux, un voyage spéléologique au fond de la normalité bourgeoise, un reportage sur la banalité française. Les enfances confortables sont toutes les mêmes, elles ne méritent peut-être pas que l'on s'en souvienne. Est-il possible de mettre des mots sur toutes les étapes qu'un petit garçon était condamné à franchir à Paris, dans les années 60-70 ? J'aimerais faire le récit d'une demi-part supplémentaire sur la déclaration de revenus de mes parents.

Mon seul espoir, en entamant ce plongeon, est que l'écriture ravive la mémoire. La littérature se souvient de ce que nous avons oublié : écrire c'est lire en soi. L'écriture ranime le souvenir, on peut écrire comme l'on exhume un cadavre. Tout écrivain est un « ghostbuster » : un chasseur de fantômes. Des phénomènes curieux de réminiscences involontaires ont été observés chez quelques romanciers célèbres. L'écriture possède un pouvoir surnaturel. On peut commencer un livre comme si l'on consultait un mage ou un marabout. L'autobiographe se situe à la croisée des chemins entre Sigmund Freud et Madame Soleil. Dans *À quoi sert l'écriture ?*, un article de 1969, Roland Barthes affirme que « l'écriture (…) accomplit un travail dont l'origine est indiscernable ». Ce travail peut-il être le retour soudain du passé oublié ? Proust, sa madeleine, sa sonate, les deux pavés disjoints de la cour de l'hôtel de Guermantes qui l'élèvent dans « les hauteurs silencieuses du souvenir » ? Mmh, ne me mettez pas trop la pression, s'il vous plaît. Je préfère choisir un exemple aussi illustre mais plus récent. En 1975, Georges Perec commence *W ou le souvenir d'enfance* par cette phrase : « Je n'ai pas de souvenirs d'enfance. » Le livre entier en regorge. Il se passe quelque chose de mystérieux quand on ferme les yeux pour convoquer son passé : la mémoire est comme la tasse de saké qu'on sert dans certains restaurants chinois, avec une femme nue qui apparaît progressivement, au fond, et disparaît dès que le bol est étanché. Je la vois, je la contemple, mais dès que j'en approche, elle m'échappe, elle se volatilise : telle est mon enfance perdue. Je prie pour que le miracle advienne ici, et que mon passé se développe petit à petit dans ce livre, à la façon d'un Polaroid. Si j'ose me citer – et dans un texte autobiographique, chercher à éviter le nombrilisme serait ajouter le ridicule à la prétention – ce phénomène curieux s'est déjà produit. Quand j'écrivais *Windows on the World* en 2002, une scène a surgi de nulle part : par un matin froid de l'hiver 1978, je sors de l'appartement de ma mère pour marcher jusqu'à mon lycée, mon sac US sur le dos, en évitant les traits de ciment qui séparent les dalles du trottoir. Ma bouche crache de la fumée, je crève d'ennui et je me retiens de me jeter sous l'autobus 84. Le chapitre s'achevait par cette phrase : « Je ne suis jamais sorti de ce matin-là. » L'année suivante, la dernière page de *L'Égoïste romantique* évoque l'odeur du cuir qui m'écœurait lorsque j'étais petit garçon, dans les voitures anglaises de mon père. Quatre ans plus tard, rédigeant *Au secours pardon*, je me suis souvenu avec délice d'un samedi soir dans le duplex paternel, où mes pantoufles et mes rougissements séduisirent quelques mannequins nordiques qui écoutaient le double album orange de

Stevie Wonder. J'ai attribué à l'époque ces souvenirs à des personnages de fiction (Oscar et Octave), mais personne n'a cru qu'ils étaient imaginaires. J'essayais de parler de mon enfance, sans oser vraiment.

À partir du divorce de mes parents, ma vie fut coupée en deux. D'un côté : morosité maternelle ; de l'autre : hédonisme paternel. Parfois l'ambiance s'inversait : plus ma mère remontait la pente, plus mon père se murait dans le silence. L'humeur de mes parents : vases communicants de mon enfance. Le mot vase évoque aussi l'idée de sables mouvants. J'ai probablement dû me bâtir sur un terrain meuble. Pour qu'un de mes parents fût heureux, il était préférable que l'autre ne le fût pas. Cette lutte n'était pas consciente, au contraire il n'y a jamais eu la moindre trace visible d'hostilité entre eux, ce mouvement de balancier était d'autant plus implacable qu'il gardait le sourire.

4

Voyelles, consonnes

Le 28 janvier 2008, la soirée avait bien commencé : dîner arrosé de grands crus, puis tournée
habituelle de bars tamisés, consommation de shots
de vodka multicolores, à la réglisse, à la noix de
coco, à la fraise, à la menthe, au curaçao ; avalés cul
sec, les verres noirs, blancs, rouges, verts, bleus,
avaient la couleur des voyelles de Rimbaud. Je fredonnais *Where is my mind* des Pixies sur mon scooter. J'étais déguisé en lycéen, chaussé de boots
camarguaises en daim, cheveux mi-longs en bataille,
cachant mon âge dans ma barbe et mon imperméable noir. Je pratique ce genre de dérive nocturne
depuis plus de vingt ans, c'est mon sport favori,
celui des vieux qui refusent de vieillir. Pas facile
d'être un enfant prisonnier dans un corps d'adulte
amnésique.

Dans *Sodome et Gomorrhe*, le marquis de Vaugoubert voulait avoir l'air « jeune, viril et charmant,
alors qu'il n'osait même plus aller regarder dans sa
glace les rides se figer aux entours d'un visage qu'il

eût voulu garder plein de séductions ». On voit
que le problème n'est pas récent ; Proust a utilisé
le nom du château de mon arrière-grand-père Thibaud. Une ivresse légère commençait à ouater la
réalité, à ramollir ma fuite, à rendre acceptables
mes enfantillages. Depuis un mois, une nouvelle
loi républicaine interdisait de fumer à l'intérieur
des discothèques, un attroupement s'était formé sur
le trottoir de l'avenue Marceau. J'étais un non-
fumeur solidaire des jolies filles sur escarpins vernis
qui se penchaient vers les briquets tendus. L'espace
d'un instant, leur visage s'éclairait comme sur les
tableaux de Georges de La Tour. Je tenais un verre
dans une main, de l'autre je m'accrochais à des
épaules fraternelles. Je baisais la main d'une ser-
veuse en attente d'un rôle dans un long métrage,
tirais les cheveux d'un rédacteur en chef de magazine dénué de lecteurs. Une génération insomnia-
que se rassemblait un lundi soir pour lutter contre
le froid, la solitude, la crise qui se profilait déjà à
l'horizon, allez savoir, les excuses pour se bourrer
la gueule ne manquaient jamais. Il y avait aussi un
acteur de cinéma d'auteur, quelques chômeuses,
des videurs noirs et blancs, un chanteur démodé et
un écrivain dont j'avais publié le premier roman.
Quand ce dernier a sorti un sachet blanc pour ver-
ser de la poudre sur le capot d'une Chrysler noire
qui scintillait dans la contre-allée, personne n'a pro-
testé. Braver la loi nous amusait ; nous vivions des
temps de Prohibition, il était l'heure de désobéir
comme Baudelaire et Théophile Gautier, Ellis et

McInerney, ou Blondin que Nimier venait délivrer du commissariat déguisé en chauffeur de maître. J'écrasais méticuleusement des cailloux blancs à l'aide de ma carte en plastique doré tandis que mon collègue écrivain se plaignait d'une maîtresse encore plus jalouse que sa femme, ce qu'il considérait (et croyez bien que j'opinais du chef) comme une impardonnable faute de goût. Soudain la lumière d'un gyrophare me fit relever la tête. Une voiture bicolore s'arrêta devant nous. D'étranges lettres bleues étaient peintes sur la portière blanche, soulignées par un rectangle rouge. La lettre P. Consonne. La lettre O. Voyelle. La lettre L. Consonne. La lettre I. Voyelle. J'ai pensé à ce jeu télévisé : « Des Chiffres et des Lettres. » La lettre C. Ah, zut alors. La lettre E. Ces lettres éparses avaient sans doute un sens caché. Quelqu'un cherchait à nous prévenir, mais de quoi ? Une sirène s'est mise à hurler, sa lumière bleue pivotant comme sur une piste de danse. Nous avons détalé tels des lapins. Des lapins portant des vestes cintrées. Des lapins chaussés de bottines à semelles lisses. Des lapins ignorant que le 28 janvier 2008 était la date de l'ouverture de la chasse dans le VIIIᵉ arrondissement. L'un des deux lapins avait même oublié sa carte de crédit sur le capot de la voiture avec son nom thermoformé dessus, et l'autre n'a pas songé à jeter les paquets illégaux cachés dans ses poches. De ce petit jour date la fin de ma jeunesse interminable.

5

Bribes d'arrestation

C'est toi que j'ai cherchée tout ce temps,
    dans ces sous-sols vrombissants et sur ces pistes
où je ne dansais pas,
    dans une forêt de personnes,
    sous les ponts de lumière et les draps de peau,
au bout des pieds maquillés qui débordaient de lits
en feu,
    au fond de ces regards sans promesses,
    dans les arrière-cours d'immeubles bancals, par-
delà les danseuses esseulées et les barmen ivres,
    entre les poubelles vertes et les cabriolets d'argent,
    je te cherchais parmi les étoiles brisées et les
parfums violets,
    dans les mains gelées et les baisers liquoreux, en
bas des escaliers branlants,
    en haut des ascenseurs lumineux,
    dans les bonheurs blêmes et les chances saisies
et les mains serrées trop fort,
    et à force j'ai dû cesser de te chercher
    sous la voûte noire,

sur les bateaux blancs,
dans les échancrures veloutées et les hôtels
éteints,
dans les matins mauves et les ciels d'ivoire, parmi
les aurores marécageuses,

mon enfance évanouie.

Les policiers voulaient vérifier mon identité ; je ne protestai pas, moi aussi j'en avais besoin. « Qui est-ce qui peut me dire qui je suis ? », demande le Roi Lear dans la pièce de Shakespeare.

Je n'ai pas fermé l'œil de la nuit. J'ignore si le jour est levé : mon ciel est un néon blanc qui grésille. Je suis serré dans une boîte de lumière. Privé d'espace et de temps, j'habite un container d'éternité.

Une cellule de garde à vue est le lieu de France qui concentre le maximum de douleur dans le minimum de mètres carrés.

Ma jeunesse est impossible à retenir.

Il faut creuser en moi, comme le prisonnier Michael Scofield fore un tunnel pour s'évader de sa cellule dans *Prison Break*. Me souvenir comme on fait le mur.

Mais comment fait-on pour se réfugier dans ses souvenirs quand on n'en a aucun ?

Mon enfance n'est ni un paradis perdu, ni un traumatisme ancestral. Je l'imagine plutôt comme une lente période d'obéissance. On a tendance à idéaliser ses débuts mais un enfant est d'abord un paquet que l'on nourrit, transporte et couche. En échange du logement et de la nourriture, le paquet se conforme à peu près au règlement intérieur.

Les nostalgiques de l'enfance sont des gens qui regrettent l'époque où l'on s'occupait d'eux.

Finalement, un commissariat de police, c'est comme une garderie : on vous déshabille, on vous donne à manger, on vous surveille, on vous empêche de sortir. Il n'est pas illogique que ma première nuit en prison me ramène si loin en arrière.

Il n'y a plus d'adultes, il n'y a plus que des enfants de tous les âges. Écrire un livre sur mon enfance, c'est donc parler de moi au présent. Peter Pan est amnésique.

Il est curieux que l'on dise de quelqu'un : « il se sauve » quand il s'en va. On ne peut pas se sauver en restant ?

J'ai un goût salé dans la bouche, comme quand je buvais la tasse à Cénitz.

6

Guéthary, 1972

De mon entière enfance ne demeure qu'une seule image : la plage de Cénitz, à Guéthary ; on devine à l'horizon l'Espagne qui se dessine comme un mirage bleu, nimbé de lumière ; ce doit être en 1972, avant la construction de la station d'épuration qui pue, avant que le restaurant et le parking n'encombrent la descente vers la mer. M'apparaissent un bambin maigrichon et un vieil homme svelte côte à côte sur une plage. Le grand-père est bien plus fringant, bronzé et sportif que son petit-fils, souffreteux et livide. L'homme aux cheveux blancs jette des galets dans la mer, qui rebondissent sur l'eau. Le petit garçon porte un maillot de bain orange avec un triton cousu sur le tissu éponge ; il saigne du nez, un coton dépasse de sa narine droite. Le comte Pierre de Chasteigner de la Rocheposay ressemble physiquement à l'acteur Jean-Pierre Aumont. Il s'écrie :

— Sais-tu Frédéric, qu'ici j'ai vu passer des baleines, des dauphins bleus, et même une orque ?

— C'est quoi, une orque ?

— Comme une baleine noire, carnivore, avec des dents tranchantes comme des lames de rasoir.

— Mais…

— Ne t'inquiète pas, le monstre ne peut pas s'approcher du rivage, il est trop gros, ici sur les rochers tu ne risques rien.

Dans le doute, j'ai décidé de ne plus mettre un pied dans l'eau, ce jour-là. Mon grand-père m'apprenait à pêcher la crevette avec une épuisette, et je sais pourquoi mon frère aîné n'était pas avec nous. À l'époque, un grand médecin avait dit à ma mère que j'avais peut-être une leucémie. J'étais en cure de repos, en « rehab », à sept ans. Je devais me ressourcer au bord de la mer, respirer l'air iodé à travers mes caillots de sang coagulé. À Patrakénéa, en basque la « maison de Patrick » de mon grand-père, dans ma chambre humide, on avait glissé une bouillotte en caoutchouc vert au fond de mon lit, qui clapotait quand je remuais, et rappelait régulièrement sa présence en brûlant mes pieds.

Le cerveau déforme l'enfance, pour l'embellir ou l'empirer, la rendre plus intéressante qu'elle n'était. Guéthary 1972 est comme une trace d'ADN retrouvée ; telle cette experte de la police scientifique du VIIIe arrondissement de Paris, en blouse blanche de laborantine, qui vient de me racler l'intérieur des joues avec une spatule en balsa afin de prélever ma muqueuse buccale, je devrais pouvoir tout rebâtir avec un cheveu retrouvé sur cette plage. Malheureusement je ne suis pas assez expert : sous mes yeux fermés, dans ma cellule crasseuse, je ne récapitule rien d'autre que les rochers qui écorchent la plante des pieds, la rumeur de l'Atlantique grondant au loin pour nous avertir que la marée remonte, le sable poisseux qui colle aux orteils, et ma fierté d'être chargé par mon grand-père de tenir le seau de crevettes qui frétillent dans l'eau de mer. Sur la plage, quelques vieilles dames enfilent leurs bonnets de bain fleuris. À marée basse, les rochers forment des petites piscines, dont les crustacés sont prisonniers. « Tu vois Frédéric, il faut gratter dans les anfractuosités. Vas-y, à ton tour. » En me tendant l'épuisette, mon grand-père aux cheveux blancs et aux espadrilles roses de chez Garcia m'a appris le mot « anfractuosité » ; en épousant les bords coupants de la roche, sous l'eau, il capturait les pauvres bestioles qui se précipitaient à reculons dans son filet. J'ai tenté ma chance mais n'ai capturé que quelques bernard-l'hermite à la traîne. Il n'empêche : j'étais seul avec Bon Papa, et je me sentais aussi héroïque que lui. En remontant de Cénitz, il cueillait des mûres au bord du chemin. C'était miraculeux pour le petit citadin qui tenait la main de son grand-père, de découvrir que la nature était une sorte de self-service géant : l'océan et les arbres regorgeaient de cadeaux, il suffisait de se pencher pour les ramasser. Jusqu'alors je n'avais vu la nourriture surgir que d'un Frigidaire ou d'un Caddie. J'avais le sentiment d'être au jardin d'Éden, dont les allées sont pleines de fruits.

— Un jour, on ira dans les bois de Vaugoubert ramasser des cèpes sous les feuilles mortes.

On ne l'a jamais fait.

Le ciel était d'un bleu inhabituel : pour une fois, il faisait beau à Guéthary, et les maisons semblaient blanchir à vue d'œil, comme dans les publicités pour la tornade blanche d'« Ajax ammoniaqué ». Mais peut-être le ciel était-il couvert, peut-être que j'essaie d'arranger les choses, peut-être ai-je simplement envie que le soleil brille sur mon seul souvenir d'enfance.

7

Les enfers naturels

Quand la police s'est jetée sur nous, avenue Marceau, nous étions donc une dizaine de noceurs attroupés, allumant des cigarettes autour d'une voiture dont le capot noir verni était strié de lignes blanches parallèles. Nous étions plus proches des *Tricheurs* de Marcel Carné que des *Kids* junkies de Larry Clark. Lorsque la sirène s'est mise à hurler, nous nous sommes dispersés dans toutes les directions. Les fonctionnaires n'ont pêché que deux délinquants, comme mon grand-père avec ses crevettes, en fouillant dans les anfractuosités – en l'occurrence la bouche du métro Alma-Marceau dont la grille était baissée en cette heure tardive. Lorsque mon ami, appelons-le le Poète, fut en état d'arrestation, je l'entendis protester : « Mais la vie est un cauchemar ! » La tête interloquée du Policier devant le Poète continuera de me faire sourire jusqu'à ma mort. Deux gardiens de la paix nous soulevèrent jusqu'au capot litigieux ; je me souviens d'avoir apprécié cet exercice de lévitation nocturne.

Le dialogue semblait compromis entre la Poésie et l'Ordre Public.

Le Policier : — Mais qu'est-ce qui vous prend de faire ça sur une voiture ?

Le Poète : — La vie est un CAUCHEMAR !

Moi : — Je descends d'un homme crucifié sur des barbelés de Champagne !

Le Policier : — Allez hop, embarquez-moi tout ça au Sarij 8.

Moi : — C'est quoi le Sarij 8 ?

Un autre Policier : — Service d'accueil, de recherche et d'investigation judiciaire du VIIIe arrondissement.

Le Poète : — « À mesure que l'être humain avance dans la vie, le roman qui, jeune homme, l'éblouisssait, la légende fabuleuse qui, enfant, le ssséduisait, se fanent et s'obscurcissssent d'eux-mêmes… »

Moi (fayot et crâneur à la fois) : — C'est pas de lui, ça. Vous avez lu *Les Paradis artificiels*, mon capitaine ? Vous savez que les paradis artificiels nous aident à fuir les enfers naturels ?

Le Policier (dans sa radio-CB) : — Chef, on est sur un flag, là !

Un autre Policier : — Vous êtes dingues de faire ça sur la voie publique, planquez-vous aux chiottes comme tout le monde ! C'est de la provocation, là !

Moi (en essuyant la poudre sur le capot de la voiture avec mon écharpe) : — Nous ne sommes pas tout le monde, mon commandant. Nous sommes des ZÉCRIVVAINS. OKAY ?

Le Policier (saisissant violemment mon bras) :
— Chef, l'individu appréhendé a tenté d'effacer la
pièce à conviction !

Moi : — Hé ho, doucement monsieur l'agent,
inutile de me casser le bras. Je préférais quand vous
me portiez.

Le Poète (avec force mouvements de tête sup-
posés indiquer la dignité humaine et l'orgueil de
l'artiste incompris) : — La liberté est impossssi-
ble...

Le Policier : — Il peut pas la fermer, lui ?

Le Poète (convaincu de convaincre, articulant
beaucoup trop, syllabe par syllabe, le doigt levé
comme un clochard parlant tout seul dans le
métro) : — Le Pouvoir a besoin des zartisstes pour
lui dirre la vvvérité.

Le Policier : — Vous essayez de jouer au plus
con avec moi ?

Le Poète : — Non, vous seriez sssûr de gagner.

Le Chef : — Oh lala, ça sent la garde à vue !
Allez zou, coffrez-moi tout ça !

Moi : — Mais... mon frère a la Légion d'honneur !

Nous fûmes lévités dans la voiture bicolore qui
hululait.

Je ne sais pas pourquoi, j'ai tout de suite pensé
au film *Le Gendarme de Saint-Tropez* (1964), quand
Louis de Funès et Michel Galabru courent après
une bande de nudistes sur la plage pour les peindre

en bleu. Nous le regardions tous les étés, en famille, à Guéthary, dans le salon qui sentait le feu de bois, la cire à parquets et le Johnny Walker sur glace. Une autre référence serait *Les Pieds Nickelés en plein suspense* de Pellos (1963) mais je n'arrive pas à départager qui ferait Ribouldingue, et qui Filochard.

J'avais déjà séjourné dans un panier à salade pendant le Salon du Livre de Paris, en mars 2004. J'avais tenté d'approcher le Président Chirac pour lui offrir un tee-shirt à l'effigie de Gao Xingjian. Le pays invité d'honneur au Salon était la Chine, mais le prix Nobel de littérature 2000, dissident chinois exilé en France et naturalisé français, avait été bizarrement « oublié » par les autorités. Là aussi, j'avais été soulevé de terre par des bras musclés ; là encore, j'avais trouvé la sensation plutôt planante. Il faut dire que j'avais eu de la chance : l'un de mes porteurs avait reçu un message rassurant par talkie-walkie.

— Le tapez pas, il est connu.

Ce jour-là, j'avais béni ma notoriété. On m'avait relâché au bout d'une heure et le lendemain ma détention provisoire faisait la une du *Monde*. Une heure de prison dans une camionnette grillagée pour avoir l'air d'un intrépide défenseur des droits de l'homme, c'était un très bon rapport douleur physique/rétribution médiatique. Cette fois, on allait m'enfermer un peu plus longtemps pour une cause nettement moins humanitaire.

8

Le râteau originel

Pourquoi Guéthary ? Pourquoi mon seul souvenir d'enfance me ramène-t-il toujours dans ce mirage rouge et blanc du Pays basque, où le vent gonfle les draps pincés sur les cordes à linge, comme les voiles d'un paquebot immobile ? Je me dis souvent : *c'est là que j'aurais dû vivre. Je serais différent ; grandir là-bas aurait tout changé.* Quand je ferme les yeux, la mer de Guéthary danse sous mes paupières, et c'est comme si j'ouvrais les volets bleus de la maison d'autrefois. Je regarde par cette fenêtre et je plonge dans le passé, ça y est, je nous revois.

Un chat siamois s'échappe par la porte du garage. Nous descendons manger du pain d'épice beurré, enveloppé dans du papier d'aluminium, sur la plage avec mon frère Charles et ma tante Delphine qui a le même âge que nous (c'est la plus jeune sœur de ma mère). Des serviettes de bain sont roulées sous nos bras. Sur le chemin, mon cœur bat plus vite à l'approche de la voie ferrée, par peur d'avoir un accident de train comme mon père au même âge, en

1947. Il tenait un kayak, qui fut happé par le train
de San Sebastian ; il fut traîné sur le ballast, ensanglanté, la hanche ouverte le long de la voie ferrée, le
crâne fracturé, le bassin enfoncé. Depuis, un pan-
neau avertit les piétons à cet endroit : « Attention,
un train peut en cacher un autre. » Mais mon cœur
bat aussi parce que j'espère croiser les filles du garde-
barrière. Isabelle et Michèle Mirailh avaient la peau
dorée, les yeux verts, les dents immaculées, des salo-
pettes en jean qui s'arrêtaient au-dessus des genoux.
Mon grand-père n'aimait pas qu'on les fréquente
mais je n'y peux rien si les plus belles filles du monde
sont socialement défavorisées, c'est sûrement Dieu
qui cherche à rétablir un semblant de justice sur cette
terre. De toute manière elles n'avaient d'yeux que
pour Charles, qui ne les voyait pas. Elles s'illumi-
naient sur son passage, « hé ! voilà le Parisien
blond », et Delphine leur demandait fièrement :
« Vous vous souvenez de mon neveu ? » ; il me pré-
cédait dans la pente vers la mer, prince d'or aux yeux
indigo, un garçon si parfait en polo et bermuda
Lacoste blancs qui descendait au ralenti vers la plage
avec sa planche de body surf en polystyrène expansé
sous le bras, au milieu des terrasses fleuries d'hor-
tensias… puis les filles perdaient leur sourire quand
elles me voyaient courir derrière, squelette ébouriffé
aux membres désordonnés, clown malingre aux inci-
sives cassées par une bataille de marrons à Bagatelle,
les genoux rugueux de croûtes violettes, le nez qui
pelait, le dernier gadget de *Pif* à la main. Elles
n'étaient même pas dégoûtées par mon apparition,

mais leurs regards vaquaient à d'autres occupations quand Delphine me présentait : « Et, euh… lui c'est Frédéric, le petit frère. » Je rougissais jusqu'au bout de mes oreilles décollées, qui dépassaient de ma tignasse blonde, je n'arrivais pas à parler, j'étais paralysé de timidité.

Toute mon enfance, je me suis battu contre le rougissement. M'adressait-on la parole ? Des plaques vermeilles naissaient sur mes joues. Une fille me regardait ? Mes pommettes viraient au grenat. Le professeur me posait une question en classe ? Mon visage s'empourprait. À force j'avais mis au point des techniques pour dissimuler mes rougeurs : refaire mon lacet de chaussure, me retourner comme s'il y avait soudain quelque chose de fascinant à regarder derrière moi, partir en courant, cacher mon visage derrière mes cheveux, retirer mon chandail.

Les sœurs Mirailh, assises sur le muret blanc au bord du chemin de fer, balançaient leurs jambes au soleil entre deux pluies d'été, pendant que je refaisais mes lacets en respirant l'odeur de terre humide. Mais elles ne me prêtaient guère attention : je croyais être rouge alors que j'étais transparent. Repenser à mon invisibilité me fait encore enrager, j'en ai tant crevé de tristesse, de solitude et d'incompréhension ! Je me rongeais les ongles, horriblement complexé par mon menton en galoche, mes oreilles d'éléphant et ma maigreur squelettique, cibles des moqueries à l'école. La vie est une vallée de larmes, c'est ainsi : à aucun moment de ma vie je n'ai eu autant d'amour à donner que ce jour-là, mais les filles du garde-barrière n'en voulaient pas, et mon frère n'y pouvait rien s'il était plus beau que moi. Isabelle lui montrait un bleu sur sa cuisse : « regarde hier je suis tombée de vélo, tu vois là ? tiens, appuie avec ton doigt, aïe, pas trop fort, tu me fais mal… », et Michèle essayait d'attirer Charles en se penchant en arrière avec ses longs cheveux noirs, fermant les yeux comme ces poupées qu'on allonge et qui rouvrent les paupières quand on les assied. Ô mes belles, si vous saviez comme il se foutait de vous ! Charles pensait au Monopoly dont la partie allait reprendre le soir même, à ses immeubles hypothéqués rue de la Paix et avenue Foch, il vivait déjà à l'âge de neuf ans la même vie qu'aujourd'hui, avec le monde à ses pieds, l'univers plié à ses désirs de vainqueur, et dans cette vie impeccable il n'y avait pas de place pour vous. Je comprends votre admiration (on veut toujours ce qui est inaccessible), car je l'admirais autant que vous, mon aîné victorieux, j'étais si fier d'être son cadet que je l'aurais suivi jusqu'au bout du monde, « ô frère plus chéri que la clarté du jour », et c'est pourquoi je ne vous en veux pas, au contraire je vous remercie : si vous m'aviez aimé d'emblée, aurais-je écrit ?

Ce souvenir est revenu spontanément : il suffit d'être en prison et l'enfance remonte à la surface. Ce que je prenais pour de l'amnésie était peut-être la liberté.

9
Un roman français

Mes quatre grands-parents sont morts avant que je ne m'intéresse de près à leur existence. Les enfants prennent leur éternité pour une généralité, mais les parents de leurs parents disparaissent sans leur laisser le temps de poser toutes les questions. Au moment où, devenus parents à leur tour, les enfants veulent enfin savoir d'où ils viennent, les tombes ne répondent plus.

Entre les deux guerres mondiales, l'amour reprit ses droits ; des couples se formaient ; j'en suis un résultat lointain.

Vers 1929, le fils d'un médecin palois qui avait coupé beaucoup de jambes à Verdun se rendit à un récital au Conservatoire Américain de Fontaine-bleau, où il effectuait son service militaire. Une cantatrice veuve (née à Dalton, Georgia) nommée Nellie Harben Knight y interprétait des lieder de Schubert, des airs des *Noces de Figaro* et la célèbre mélodie de Puccini : « O mio babbino caro » en robe longue blanche à dentelles, du moins je l'espère. J'ai retrouvé une photo d'elle où Nellie est ainsi vêtue, dans le *New York Times* du 23 octobre 1898, qui précise : « Her voice is a clear, sympathetic soprano of extended range and agreeable quality. » Mon arrière-grand-mère à la « voix claire, soprano de large tessiture et d'agréable tonalité », voyageait accompagnée de sa fille Grace, laquelle méritait bien son prénom. C'était une grande blonde aux yeux bleus baissés sur les touches de son piano, comme une héroïne de roman de Henry James. Elle était la fille d'un colonel dans l'armée britannique des Indes mort en 1921 de la grippe espagnole : Morden Carthew-Yorstoun avait épousé Nellie à Bombay après avoir servi dans la guerre des Zoulous en Afrique du Sud, puis avec Lord Kitchener au Soudan, puis commandé un régiment néo-zélandais, le Poona Horse, dans la guerre des Boers avec Winston Churchill sous ses ordres. Le troufion palois parvint à croiser le regard de l'orpheline à l'ascendance si amusante, puis à lui tenir la main durant quelques valses, fox-trot, charlestons endiablés. Ils se découvrirent le même sens de l'humour, la même passion pour l'Art – la mère du jeune Béarnais, Jeanne Devaux, était peintre (elle a notamment peint le portrait de Marie Toulet, l'épouse du poète, à Guéthary), profession presque aussi exotique que cantatrice. Le jeune homme du Sud-Ouest devint soudain un mélomane assidu des soirées musicales du Conservatoire Américain.

Charles Beigbeder et Grace Carthew-Yorstoun se
revirent ainsi à chacune de ses permissions ; il lui
mentit sur son âge : né en 1902, à vingt-six ans
passés il aurait dû être marié depuis longtemps.
Mais il aimait la poésie, la musique et le champagne.
Le prestige de l'uniforme (après tout, Grace était
fille de militaire) fit le reste. La jeune Grace ne
repartit pas à New York. Ils se marièrent à la mairie
du XVIe arrondissement, le 28 avril 1931. Ils eurent
deux garçons et deux filles ; le deuxième garçon est
mon père, né en 1938. À la mort du sien, le jeune
Charles hérita d'un établissement de cure à Pau : le
« Sanatorium des Pyrénées ». C'était une vaste pro-
priété de 80 hectares (forêt, essences résineuses,
prairies, jardins) au point culminant des coteaux de
Jurançon, à une altitude de 335 mètres. Comme
dans *La Montagne magique*, une clientèle fortunée y
contemplait, en smoking, d'admirables crépuscules
sur la chaîne des Pyrénées centrales et, au nord, un
panorama très étendu sur la ville de Pau et la vallée
du Gave. Il était difficile de résister à l'appel des
bois de pins et des chênes de haute futaie où les
enfants pourraient gambader à leur aise avant d'être
relégués en pension – à l'époque, les parents n'élevaient pas eux-mêmes leurs enfants, et, d'une certaine manière, comme on le verra plus tard, c'est
toujours le cas. Charles Beigbeder quitta sans regrets
son poste d'avoué dans une étude de clercs et
emmena ma grand-mère humer l'air reconstituant du
Béarn, où elle pourrait engueuler sa domesticité à
satiété et tisser des liens avec la communauté britan-

nique locale. Mon grand-père fit fructifier l'entreprise paternelle avec l'argent de sa femme et de sa
mère. Bientôt notre famille posséda une dizaine de
sanatoriums dans la région, rebaptisés « Les Établissements de Cure du Béarn », et mes grands-parents
firent l'acquisition d'une superbe demeure de style
cottage anglais à Pau : la Villa Navarre, où Paul-Jean
Toulet, Francis Jammes et Paul Valéry séjournèrent
(la légende familiale prétend que l'auteur de *Monsieur Teste* rédigeait son courrier très tôt ; le majordome, prénommé Octave, râlait car il devait se
réveiller pour lui apporter son pot de café le matin
à 4 heures). Catholique et royaliste militant, Charles
Beigbeder ressemblait physiquement à Paul Morand
et lisait assidûment *L'Action française*, ce qui ne
l'empêcha pas d'être élu Président du Cercle Anglais
(exclusivement masculin, c'était, à l'époque, le club
le plus élégant de Pau : il y organisait des causeries
littéraires). Dans les années cinquante, le ménage
hérita d'une villa sur la côte basque, Cenitz Aldea
(« Du côté de Cénitz » en basque) dans un village à
la mode depuis la Belle Époque : Guéthary. La
tuberculose a rapporté beaucoup à ma famille, je
n'hésite pas à dire que la découverte de la strepto-
mycine par Selman Waksman vers 1946 fut une véritable catastrophe pour mon patrimoine.

Dans la même période, toujours l'entre-deux-
guerres (comme si ces jeunes gens avaient pu prévoir
que leur après-guerre était aussi une avant-guerre),
la vie était plus stricte dans les châteaux du Périgord

vert. Une comtesse qui avait perdu son mari lors de
la deuxième bataille de Champagne se retrouva seule
à Quinsac, au château de Vaugoubert, avec deux
filles et deux garçons. En ce temps-là, les veuves
catholiques de guerre restaient sexuellement fidèles
à leur mari défunt. Bien entendu, leurs enfants aussi
devaient se sacrifier. Les deux filles s'occupaient
bien de leur mère : celle-ci les incita à continuer, ce
qu'elles firent toute leur vie. Quant aux deux
garçons, ils furent enrôlés automatiquement à Saint-
Cyr, où la particule était bien vue. L'aîné accepta
d'épouser une aristocrate qu'il n'avait pas vraiment
choisie. Malheureusement, elle le trompa assez tôt
avec un maître nageur : le jeune homme eut le cœur
brisé d'avoir été si mal récompensé pour sa docilité.
Il demanda le divorce ; en représailles, sa mère le
déshérita. Au frère cadet aussi, il arriva des malheurs : envoyé en garnison à Limoges, il tomba
amoureux d'une ravissante roturière, une brune aux
yeux bleus qui dansait debout sur les pianos (premier
problème) et la mit enceinte avant de l'avoir épousée
(second souci). Il fallut donc officialiser rapidement
l'union : le mariage du comte Pierre de Chasteigner
de la Rocheposay avec la ravissante Nicole Marcland,
dite Nicky, eut lieu le 31 août 1939 à Limoges. La
date était mal choisie : le lendemain, l'Allemagne
envahissait la Pologne. Bon Papa eut à peine le temps
de faire de même avec Bonne Maman. La drôle de
guerre l'attendait, où la ligne Maginot se révéla aussi
peu fiable que la méthode Ogino. Pierre se retrouva
prisonnier. Lorsqu'il s'évada, une religieuse lui ayant

prêté des vêtements civils et de faux papiers, il revint en France pour concevoir ma mère. Il apprit alors qu'il serait à son tour déshérité, la comtesse mère ayant quelques difficultés à assumer une mésalliance lors de la messe dominicale, pourtant célébrée par le curé local dans la chapelle de son château. Curieuses sont les coutumes chez les aristocrates chrétiens : elles consistent à priver d'héritage une progéniture déjà orpheline. La lignée des Chasteigner de la Rocheposay remontait aux croisades (je descends d'Hugues Capet, mais je suppose que nous sommes nombreux dans ce cas), comptant un évêque de Poitiers, ambassadeur d'Henri II à Rome. Ronsard a dédié une ode à l'un de mes aïeux, Anthoine, abbé de Nanteuil. Bien que composés en 1550, ces vers demeurent d'actualité en cette nuitée funeste de janvier 2008 :

> « *Comme le temps vont les choses mondaines*
> *Suivant son mouvement*
> *Il est soudain et les saisons soudaines*
> *Font leurs cours brèvement.(…)*
> *Comme un printemps les jeunes enfants croissent*
> *Puis viennent en été*
> *L'hiver les prend et plus ils n'apparoissent*
> *Cela qu'ils ont été.* »

Malgré l'avertissement lancé à mon trisaïeul par le « Prince des poètes », mon grand-père fut donc sacrifié sur l'autel de l'Amour-Passion. Il suivit le choix romantique qu'avait fait le duc de Windsor trois années auparavant, et que Madame Cécilia Ciganer-Albeniz imita soixante-huit ans plus tard : renoncer au château plutôt qu'au bonheur. La guerre terminée, Pierre de Chasteigner occupa l'Allemagne avec toute sa famille pendant quelques années, dans le Palatinat, puis démissionna de l'armée en 1949 pour ne pas partir en Indochine. Il fut alors contraint d'expérimenter quelque chose que personne de sa lignée n'avait tenté depuis environ un millénaire : travailler. Il s'installa dans un appartement parisien aux étagères encombrées d'éditions du Bottin Mondain et d'œuvres érotiques de Pierre Louÿs, rue de Sfax, tout en obéissant aux ordres de son beau-frère qui dirigeait un laboratoire pharmaceutique. Ce ne furent pas ses années les plus heureuses. Quand on n'a plus les moyens de flamber à Paris, on emmène sa femme au bord de la mer pour qu'elle fasse des parties de bridge et d'autres enfants. Or le père de Nicky possédait une maison à Guéthary : elle y avait de beaux souvenirs. Le Comte et la Comtesse décidèrent d'y acheter une petite bicoque en viager à Madame Damour, qui eut la courtoisie de trépasser dans un délai assez bref. C'est ainsi que le noble militaire et ses six enfants emménagèrent à Patrakénéa juste en face de Cenitz Aldea, le lieu de villégiature de bourgeois-bohêmes américano-béarnais : les Beigbeder. Où le lecteur commence à comprendre l'importance stratégique de ce lieu. À Guéthary, mes deux familles vont devenir amies, et mon père va bientôt rencontrer ma mère.

10

Avec famille

J'ai rêvé d'être un électron libre mais on ne peut pas se couper éternellement de ses racines. Retrouver cet enfant sur la plage de Guéthary, c'est accepter de venir de quelque part, d'un jardin, d'un parc enchanté, d'une prairie qui sent l'herbe fraîchement tondue et le vent salé, d'une cuisine au goût de compote de pommes et de pain rassis.

J'ai horreur des règlements de comptes familiaux, des autobiographies trop exhibitionnistes, des psychanalyses déguisées en livres et des lavages de linge sale en public. Mauriac, au début de ses *Mémoires intérieurs*, nous donne une leçon de pudeur. S'adressant tendrement à sa famille, il se sacrifie : « Je ne parlerai pas de moi, pour ne pas me condamner à parler de vous. » Pourquoi n'ai-je pas moi aussi la force de rester coi ? Un peu de dignité est-elle possible quand on tente de savoir qui l'on est et d'où l'on vient ? Je sens que je vais devoir embarquer ici de nombreux proches, vivants ou morts (j'ai déjà commencé). Ces gens aimés n'ont pas demandé à se retrouver dans ce livre comme dans une rafle. Je suppose que toute vie a autant de versions que de narrateurs : chacun possède sa vérité ; précisons d'emblée que ce récit n'exposera que la mienne. De toute façon, il n'est plus question de se plaindre de sa famille à 42 ans. Il se trouve que je n'ai plus le choix : je dois me souvenir pour vieillir. Détective de moi-même, je reconstitue mon passé à partir des rares indices dont je dispose. J'essaie de ne pas tricher mais le temps a désorganisé ma mémoire comme on mélange le jeu de cartes avant une partie de Cluedo. Ma vie est une énigme policière où le baume du souvenir enjolive, en la déformant, chaque pièce à conviction.

En principe, toute famille a une histoire mais la mienne n'a pas duré très longtemps ; ma famille rassemble des gens qui ne se connaissent pas bien entre eux. À quoi sert une famille ? À se séparer. La famille est le lieu de la non-parole. Mon père ne parle plus à son frère depuis vingt ans. Ma famille maternelle ne connaît plus ma famille paternelle. On voit souvent sa tribu quand on est enfant, en vacances. Puis les parents se quittent, on voit moins souvent son père, abracadabra : une moitié de la famille disparaît. On grandit, les vacances s'espacent, et la famille maternelle s'éloigne aussi, on finit par ne plus la croiser qu'aux mariages, aux baptêmes et aux enterrements – pour les divorces, personne n'envoie de faire-part. Quand quelqu'un organise le goûter d'anniversaire d'un neveu ou un dîner de Noël, on trouve des excuses pour ne pas s'y rendre : trop d'angoisse, la peur d'être percé à jour, observé, critiqué, renvoyé à soi-même, reconnu pour ce que l'on est, jugé à sa juste valeur. La famille vous rappelle les souvenirs que vous avez effacés, et vous reproche votre amnésie ingrate. La famille est une succession de corvées, une meute de personnes qui vous ont connu bien trop tôt, avant que vous ne soyez terminé – et les anciens sont surtout les mieux placés pour savoir que vous ne l'êtes toujours pas. Longtemps, j'ai cru que je pourrais me passer d'elle. J'étais comme la barque de Fitzgerald dans la dernière phrase de *Gatsby*, « luttant contre un courant qui la ramène sans cesse vers le passé ». J'ai fini par revivre exactement tout ce que je voulais éviter. Mes deux mariages ont sombré dans l'indifférence. J'aime ma fille plus que tout mais ne la vois qu'un week-end sur deux. Fils de divorcés, j'ai divorcé à mon tour, précisément par allergie à la « vie de famille ». Pourquoi cette expression m'apparaît-elle comme une menace, voire un oxymoron ? On se figure tout de suite un pauvre homme épuisé, qui tente d'installer un siège-bébé dans une automobile ovale. Bien sûr, il n'a pas fait l'amour depuis des mois. Une vie de famille est une suite de repas dépressifs où chacun répète les mêmes anecdotes humiliantes et automatismes hypocrites, où l'on prend pour un lien ce qui n'est que loterie de la naissance et rites de la vie en communauté. Une famille, c'est un groupe de gens qui n'arrivent pas à communiquer, mais s'interrompent très bruyamment, s'exaspèrent mutuellement, comparent les diplômes de leurs enfants comme la décoration de leurs maisons, et se déchirent l'héritage de parents dont le cadavre est encore tiède. Je ne comprends pas les gens qui considèrent la famille comme un refuge alors qu'elle ravive les plus profondes paniques. Pour moi, la vie commençait quand on quittait sa famille. Alors seulement l'on se décidait à naître. Je voyais la vie divisée en deux parties : la première était un esclavage, et l'on employait la seconde à essayer d'oublier la première. S'intéresser à son enfance était un truc de gâteux ou de lâche. À force de croire qu'il était possible de se débarrasser de son passé, j'ai vraiment cru que j'y étais parvenu. Jusqu'à aujourd'hui.

11
Fin de règne

La dernière fois que j'ai vu Pierre de Chasteigner, le majestueux pêcheur de crevettes à la crinière blanche, c'était à l'Institut Curie, dans le Ve arrondissement de Paris, en 2004. Mon grand-père était allongé sur un lit d'hôpital, chauve, maigre, mal rasé, et la morphine le faisait délirer. La sirène d'alerte du premier mercredi du mois s'est mise à hululer. Il m'a parlé de sa Seconde Guerre mondiale :

— Quand on entendait la sirène, l'explosion des bombes, ou les moteurs des avions, c'était une bonne nouvelle : ça voulait dire qu'on était encore vivant.

Officier dans l'armée française, Pierre de Chasteigner a été blessé au bras par un éclat d'obus puis fait prisonnier près d'Amiens pendant la drôle de guerre, en 1940. Échappant de peu au peloton d'exécution, il a réussi à s'évader avec de faux papiers.

— J'aurais dû rentrer dans la Résistance mais j'ai été lâche : j'ai préféré rentrer chez moi.

C'était la première fois qu'il évoquait le sujet devant moi. Je suppose qu'il voyait sa vie défiler ;

dommage qu'il faille attendre d'être mourant pour
recouvrer enfin la mémoire. Je ne savais pas quoi
lui répondre. Il avait perdu autant de kilos que de
cheveux ; il respirait trop fort. Des tuyaux entraient
et sortaient de lui en faisant des gargouillis inquié-
tants.

— Tu comprends Frédéric, ton oncle et ta mère
étaient déjà nés. J'avais perdu mon père à l'âge de
deux mois. C'est dur de grandir sans son papa.

Il savait que nous avions cette faille en commun.
J'ai évité le sujet. Granny aussi était orpheline, c'est
dingue quand on y pense, ma grand-mère paternelle
et mon grand-père maternel ont tous deux perdu
leurs pères militaires. Je viens d'un monde sans
pères. Mon pêcheur de crevettes aux joues si creuses
a continué :

— Je n'ai pas voulu risquer de faire subir le
même sort à mes enfants alors j'ai été lâche…

Le fils du martyr de la bataille de Champagne se
reprochait de ne pas en avoir été un autre. J'ai
secoué la tête :

— Arrêtez de répéter une chose pareille. Au
contraire, Bon Papa, vous êtes entré dans la Résistance, au maquis de l'ORA[1] dans le Limousin en
1943.

— Oui mais j'y suis entré très tard, comme Mitterrand. (Il prononçait « mitrand ».) Frédéric, comment as-tu pu soutenir les communistes ? Les gars

1. Organisation de Résistance de l'Armée, créée en janvier
1943 par le général Frère.

de Guingouin ont failli me flinguer tu sais, on était un réseau concurrent, ils étaient très dangereux…

Je ne voulais pas répondre que j'avais soutenu les communistes pour désobéir à ma condition sociale, donc à lui. Je n'osais pas dire que j'y voyais aussi la continuation de la charité chrétienne par d'autres moyens. Les conversations entre générations sont rares, il ne faut pas digresser ; si l'on perd le fil on risque de ne jamais le retrouver (c'est d'ailleurs ce qui s'est passé). L'important, c'est que mon grand-père n'avait pas connu son père parce que celui-ci était mort. Moi, c'était presque pire : je fus privé de père alors qu'il était vivant. Ma fille endure sans doute la même étrange absence ; le silence des vivants est plus difficile à comprendre que celui des morts. J'aurais dû prendre la main de mon ancêtre mais dans ma famille on ne se touche pas.

— Bon Papa, vous avez été héroïque de rester avec vos enfants, tant pis pour la France.

En prononçant cette phrase, je savais que je risquais une gifle mais mon grand-père était fatigué, il s'est contenté de soupirer. Il m'a demandé ensuite si je priais pour lui et j'ai menti. J'ai dit oui. Il actionnait la pompe à morphine, et planait vraiment : c'est drôle de se dire que notre système de santé drogue les cancéreux en toute légalité, tandis que ceux qui se défoncent dans la rue finissent la nuit en taule (sont-ils vraiment moins malades ?). Quand je suis sorti de la clinique, la nuit était tombée comme si quelqu'un avait éteint la lumière.

Sur son lit de mort, mon grand-père m'avait dit, en gros : « Fais l'amour, pas la guerre. » Au moment ultime, l'ancien commandant décoré de la croix de guerre 39-45 devenait idéologiquement soixante-huitard. J'ai mis des années à comprendre ce qu'il essayait de me dire au moment fatal : toi Frédéric, tu n'as pas vécu la guerre qui a précédé ta naissance, mais tes parents et grands-parents en conservent le souvenir, même inconscient, et tous tes problèmes, et les leurs, ont un lien direct avec la souffrance, la peur, les rancœurs et les haines de cette période de l'Histoire de France. Ton arrière-grand-père fut un héros de 1914-1918, ton grand-père est un ancien combattant de la guerre suivante, et tu crois que cette violence n'a eu aucune conséquence sur les générations ultérieures ? C'est grâce à notre sacrifice que tu as pu grandir dans un pays en paix, mon petit-fils chéri. N'oublie pas ce que nous avons traversé, ne te trompe pas sur ton pays. N'oublie pas d'où tu viens. Ne m'oublie pas.

On l'a enterré une semaine après, au cimetière marin, devant l'église de Guéthary, parmi les croix penchées, sous la pierre où ma grand-mère l'attendait déjà, avec vue sur l'océan derrière les collines ; les vallons verts mariés au bleu profond de la mer. Pendant la cérémonie, ma cousine Margot Crespon, jeune comédienne à fleur de peau, a lu une contrerime de Toulet (poète opiomane qui repose dans le même cimetière que mon grand-père morphinomane) :

> « *Dormez, ami ; demain votre âme*
> *Prendra son vol plus haut.*
> *Dormez, mais comme le gerfaut,*
> *Ou la couverte flamme.*
>
> *Tandis que dans le couchant roux*
> *Passent les éphémères,*
> *Dormez sous les feuilles amères.*
> *Ma jeunesse avec vous.* »

J'avais choisi ce poème parce qu'il ressemble à une prière. En sortant de l'église, j'ai vu le soleil se dissoudre dans les branches d'un cyprès comme une pépite d'or dans la main d'un géant.

12
Avant d'être mes parents,
ils étaient deux voisins

En France c'était l'après-guerre, la Libération, les trente glorieuses, bref, le devoir d'oubli qui précéda le devoir de mémoire. Guéthary n'était plus aussi chic qu'avant les congés payés : les « estivants » envahissaient les plages, embouteillaient les routes, polluaient le sable de papiers gras. Mes grands-parents pestaient des deux côtés du Chemin Damour contre la démocratisation de la France. À l'étage de la villa des Beigbeder, quand Jean-Michel, en chandail blanc, s'accoudait au balcon, il pouvait épier ce qui se tramait dans le jardin de la maison d'en face : les deux filles Chasteigner, Christine et Isabelle, jouaient au badminton ou buvaient des orangeades, ou se maquillaient pour aller au toro de fuego du 14 juillet. J'ai vérifié : du balcon de Cenitz Aldea, l'on a toujours une vue plongeante sur le perron de Patrakénéa, comme dans un décol-leté. J'ai hâte d'espionner les nouveaux proprié-taires quand j'irai boire le thé chez ma tante

Marie-Sol, qui réside toujours dans la villa des Beig-beder (la maison des Chasteigner a été vendue l'an dernier). Cette configuration géographique n'est pas anodine dans l'histoire de ma vie. Si mon père n'avait pas observé les filles Chasteigner par-dessus la route, je ne serais pas ici pour en parler. À mes yeux, ce balcon peint en bleu est un lieu aussi sacré que celui de Vérone chez Shakespeare.

Les stations balnéaires ne sont pas uniformes. Chaque plage de la Côte basque possède sa person-nalité propre. La grande plage de Biarritz est notre Croisette cannoise, avec le Palais en guise de Carl-ton rose, et le Casino comme un Palm Beach défraî-chi. On pourrait se croire aussi sur les planches de Deauville, quand on s'assied en terrasse pour com-mander des huîtres et du vin blanc, en regardant déambuler des familles en bermuda qui n'ont jamais entendu parler des bals du marquis de Cuevas. La plage de Bidart est plus familiale, c'est la même bourgeoisie à pulls sur épaules qu'à Ars-en-Ré. À éviter si l'on n'aime pas les cris d'enfants noyés, les serviettes de bain Hermès ou les prénoms com-posés. Surnommée « la bâtarde des basques », la plage de Guéthary est plus sauvage, prolétaire ; elle a l'accent du pays et rassemble beaucoup d'ex-toxi-comanes en désintox. Elle sent la friture et l'huile solaire bon marché ; on s'y déshabille dans des tentes rayées rouge et blanche louées pour la saison. Même les vagues diffèrent de baie en baie : plus droites à Biarritz, plus dangereuses à Bidart, plus hautes à Guéthary. À Biarritz, les vagues te cassent le dos sur le sable, à Bidart les baïnes t'aspirent vers le large, à Guéthary les rouleaux te broient sur les rochers. À Saint-Jean-de-Luz la digue a castré la houle, c'est pourquoi les vieux, assis sur des bancs, ne commentent que le vol des goélands et le passage des hélicoptères de secouristes. À Hendaye se trouvent les plus gros rouleaux, dont la célèbre « Belharra », une vague de 15 à 18 mètres que les surfeurs les plus psychopathes affrontent tractés par un scooter des mers. La plage des Alcyons, c'est carrément la grève bretonne, avec les embruns en guise de brumisateur, et les galets comme « foot massage » ; la Chambre d'Amour est un refuge pour romantiques indépendantistes et dragueurs nostalgiques de la Rolls Royce d'Arnaud de Rosnay ; la Côte des Basques sert de rendez-vous pour conducteurs de minibus Volkswagen remplis de fumée rigolote et de bikinis qui sèchent ; la Madrague est snob, tropézienne comme son nom d'emprunt. La plage préférée des habitants du coin se nomme Erretegia, cirque naturel splendide entre Ilbarritz et Bidart. Sa qualité principale : les Parisiens ne la connaissent pas. Pourquoi ma mémoire ne retient-elle que Cénitz ? Est-ce seulement à cause du nom de la villa des Beigbeder à Guéthary : Cenitz Aldea ? Cénitz est revêche, avec ses rochers qui coupent et son sable piquant. Cénitz est fougueuse, désagréable, déprimée, revêche. Les vagues qui s'y lèvent sont grosses, lourdes, désordonnées, sales, bruyantes. Il y fait souvent très froid. Dans le Pays basque, le soleil est une denrée rare : on l'attend, le curé prie à la messe du dimanche pour qu'il arrive, on en parle sans cesse, on se rue aux Cent Marches ou à la Plancha dès qu'il apparaît, et le lendemain il pleut de nouveau mais on s'en fout puisqu'on se réveille à cinq heures de l'après-midi. Le soleil est anormal à Guéthary mais comment se lasser de pareils ciels ? Le ciel est un océan suspendu. De temps à autre, il fond sur nous, lavant les collines et les maisons à l'eau de mer. Mon seul souvenir d'enfance se déroule sur la plage la moins accueillante de France. Mon cerveau n'a pas sélectionné cet endroit par hasard. C'est en descendant à Cénitz que mon père a failli mourir à neuf ans, traîné par un train. C'est sur la route de Cénitz qu'il a rencontré ma mère, en vacances dans la villa d'en face. Et c'est dans ce village qu'ils se sont mariés. Cénitz est un concentré de toute ma vie. Me souvenant de ce seul lieu, je me résume, je me condense. Se souvenir du cœur de soi évite d'avoir à se rappeler le reste ; ma mémoire est paresseuse, elle a retenu Cénitz comme une antisèche mnémotechnique dont découle mon existence. Comme dans *Mulholland Drive* de David Lynch, le plus grand film sur l'amnésie, où une simple clé bleue suffit à reconstruire une vie détruite. Imaginez un bourdonnement monter en fond sonore pour dramatiser la situation, car ici on approche du noyau thermonucléaire de mon Histoire. Je vais dessiner un schéma pour vous permettre d'y voir plus clair.

Les deux villas de Guéthary (quartier de Cénitz) :
CARTOGRAPHIE D'UNE RENCONTRE

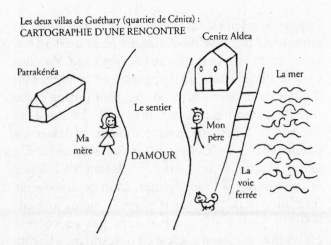

Maman : très jeune, une blonde aux cheveux fins en robe légère, aux yeux clairs, bleu azur, dents blanches, distinction timide, petite aristo aux absolues bonnes manières, preuve vivante qu'intelligence peut rimer avec innocence, impatiente d'échapper à sa famille de noblesse engoncée, très romantique, sublime de corps et d'âme. Prête pour une longue vie de poésie, d'amour et de plaisir, elle va se donner à...

Papa : un jeune homme mince et riche, un peu écrasé par son grand frère, il est studieux et il a fait le tour du monde à 18 ans, concentré et passionnant, il a l'œil vert perçant, drôle sans aucune méchanceté, un adolescent curieux de philosophie et de littérature comme son père, désireux de conquérir l'Amérique de sa mère, calme sans être blasé, ouvert d'esprit, hédoniste sans vulgarité, fier et souriant, il déteste les snobs car il les connaît tous, il rêve d'embrasser le monde et ma mère.

C'est ainsi que je les imagine, d'après photographies, dans la gloire de leurs deux jeunesses.

Mon père sort de Cenitz Aldea en costume d'alpaga, les *Ennéades* de Plotin sous le bras.

Ma mère sort de Patrakénéa en jupe à pois, un 45 tours des Platters à la main.

La route entre eux se nomme le sentier Damour, cela ne s'invente pas.

J'essaie de m'imaginer cette rencontre sans laquelle je ne serais pas assis dans ma cellule, recroquevillé sur mes genoux. Ma mère a 16 ans et mon père 19. « Sa petite sœur avait de plus gros seins mais c'est l'aînée que j'ai choisie, va savoir pourquoi », me confiera mon père quarante ans plus tard au restaurant Orient-Extrême. Pudeur inutile : je sais qu'il en était fou, et elle aussi. Un soir, mon père serre ma mère par la taille durant le toro de fuego. Puis ils s'enlacent dans la 2CV de mon père et c'est merveilleux, l'univers est impeccable, la vie simplifiée, tout devient si évident dans ces moments-là, mais pourquoi dis-je « ces moments » au pluriel, alors que nous savons tous qu'un moment pareil est unique – moi aussi je n'ai ressenti cela qu'une seule fois. Ils vivent un coup de foudre réciproque, instantané, comme il n'en arrive jamais, laissez-moi croire cela, s'il vous plaît, cette idée me soigne.

Plusieurs étés de suite, ils s'aperçoivent timide-
ment, vont à la plage ou à la messe, boivent des
citronnades (mon père déteste l'alcool), dansent
peut-être, font du vélo, critiquent leurs familles,
regardent la mer, bâtissent sûrement des châteaux
en Espagne. Ils se sont revus à Paris après leur
premier baiser, en cachette, rue des Sablons, dans
la garçonnière du jeune homme. C'est là qu'ils se
sont connus bibliquement, bien avant de se marier.
Ne m'en veuillez pas pour ce manque de profes-
sionnalisme, mais je préfère ne pas imaginer tous
les détails de la vie sexuelle de mes parents. Je me
figure un moment beau et embarrassant, délicat et
craintif, merveilleux et terrifiant. Longtemps ma
mère a craint de tomber enceinte alors qu'elle était
mineure : en ce temps-là, la majorité était à 21 ans.

On donnait beaucoup de fêtes sur la Côte bas-
que à cette époque. On se rendait dans la villa de
Denise Armstrong, une mannequin couturière qui
était l'amie de Josephine Baker (on prononçait
« Bacaire »), à Bayonne, où l'on croisait les Villa-
longa, le duc de Tamames dit « Kiki », les Horn y
Prado, Guy d'Arcangues ou André-Pierre Tarbès.
Tous les mercredis, les jeunes se retrouvaient au
Casino Bellevue, au Sonny's à Biarritz ou à l'Élé-
phant Blanc… On lisait des comptes rendus de ces
folles nuits dans le journal local, signés par « la
Baronne Bigoudi ». Marisa Berenson venait boire
le thé à Cenitz Aldea, du temps où elle sortait avec
Arnaud de Rosnay. Peter Viertel, le mari de Debo-

rah Kerr et le scénariste d'*African Queen*, avait découvert la Côte basque lors du tournage du *Soleil se lève aussi* d'Hemingway, et importé le longboard de Californie sur les vagues biarrotes. Ce couple très « lancé » recevait dans sa maison de Saint-Jean-de-Luz. Mon père détestait les mondanités, mais sa sœur aînée fréquentait toutes ces célébrités, et entraînait mes futurs parents dans son sillage parfumé. Cela impressionnait ma future mère, tout en l'agaçant.

Main dans la main, Marie-Christine et Jean-Michel fichent le camp aux États-Unis pour finir leurs études (mon père à Harvard, ma mère à Mount Holyoke) mais surtout pour être ensemble, loin de leurs parents stricts, de leur pays décédé, loin des cons de l'après-guerre.

Et puis ils reviennent. Au-dessus du village de Guéthary se trouve la vieille église où ils se sont mariés le 6 juillet 1963 : lui porte un chapeau haut de forme et une redingote grise (trente ans après, quand j'ai porté la même dans l'église des Baux-de-Provence, j'étais tout aussi grotesque), ma mère une robe blanche et des fleurs dans ses cheveux blonds. J'ai vu chez mes grands-parents, à Neuilly, le film Super-8 de cette cérémonie, quand j'étais petit, projeté sur un écran déroulé, dans le salon Granny avait tiré les rideaux, et je ne crois pas avoir jamais rien vu d'aussi ravissant. C'est la seule fois de ma vie que j'ai surpris Jean-Michel Beigbeder embrasser sur la bouche la comtesse Marie-Christine de Chasteigner de la Rocheposay d'Hust et du Saint Empire « et autres lieux découverts à marée basse » ajoutait mon père pendant la projection, avec en fond sonore le cliquètement des bobines de films qui tournent dans le projecteur comme un métronome réglé sur la vitesse maximale. Ma mère a les cheveux crêpés en choucroute au-dessus de sa tête, comme Brigitte Bardot dans *Le Mépris* – film sorti cette année-là ; mon père est maigre, engoncé dans son plastron amidonné, des danseurs basques les entourent, au son des tambours et des flûtes les jeunes mariés inclinent la tête pour passer sous des arceaux de fleurs, un chœur de chanteurs en rouge et blanc forme une haie d'honneur, je me souviens que j'avais du mal à croire que ce jeune couple tout juste sorti de l'adolescence, amoureux, timide, encerclé par sa famille nombreuse, pouvait être mes parents. Malheureusement cette pièce à conviction a été perdue dans les nombreux déménagements ultérieurs de ses deux acteurs principaux. Mon cerveau s'est ensuite débrouillé pour que j'oublie leur couple. Je ne les ai jamais connus ensemble, mes seuls souvenirs d'eux sont postérieurs à leur séparation – comme si je les avais fait glisser dans ma poubelle mentale, avant de cliquer sur « vider la corbeille » dans un disque dur intérieur.

Mon grand frère est né l'année suivante. Puis j'ai sottement choisi 1965 pour venir au monde : c'était un peu trop tôt, je n'aurais pas dû me presser de naître. Nous étions désirés mais inattendus. Pas si vite, pas si rapprochés, ce n'était pas prévu ainsi, il a fallu s'organiser. Mon père avait tenu à prénommer mon aîné comme son père (Charles), ma mère m'a baptisé Frédéric comme le héros de *L'Éducation sentimentale*, qui est un raté. Mes parents se sont quittés peu après. Avez-vous remarqué que tous les contes de fées s'achèvent le jour du mariage ? Moi aussi je me suis marié à deux reprises, et j'ai éprouvé la même crainte, à chaque fois, pile au moment de dire « oui », cette intuition désagréable que le meilleur était derrière nous.

13

Révélations sur les Lambert

Évelyne et Marie-Sol Beigbeder, les deux sœurs aînées de mon père, m'ont appris un épisode survenu à la Villa Navarre pendant la dernière guerre. Non seulement cette anecdote me permet de vanter les mérites de mes grands-parents paternels mais elle indique qu'il est parfois nécessaire de désobéir aux lois. La Loi n'a pas toujours raison, particulièrement en France. Par exemple, en 1940, la Loi Française du gouvernement de Pierre Laval disait que Pau était en zone libre, tandis qu'à Paris le port de l'étoile jaune était obligatoire pour une certaine catégorie de la population. On a vu que Pierre de Chasteigner regrettait de ne pas être entré dans la Résistance plus tôt – mais enfin il était tout de même entré. La ville de Pau, quant à elle, avait quintuplé de volume, l'exode ayant apporté une population très nombreuse de juifs pourchassés dans leur propre pays par la police française. Or, dès juin 1940, un réseau d'amis chrétiens avait proposé secrètement à Charles et Grace Beigbeder de cacher une riche famille israélite ayant dû fuir Paris en y laissant tous ses biens. La discussion fut complexe à la grande table de la salle à manger, j'aurais aimé être là pour l'entendre...

Charles : — En tant qu'anciens soutiens de l'Action Française, devrions-nous refuser d'accueillir ces israélites sous notre toit ? J'ai parlé à Maurras, à Saint-Rémy de Provence. Il était tellement sourd que j'ai dû crier dans son oreille devant tout le monde que nous sommes antiallemands. Il m'a répondu : « Ah ! Votre femme est anglaise, il vous sera beaucoup pardonné ! »

Grace : — Nous sommes catholiques avant tout et l'archevêque de Toulouse a bien dit que « les juifs sont des hommes, les juives sont des femmes (...) ils font partie du genre humain, ils sont nos frères ». Un chrétien ne peut l'oublier.

Charles : — Darling, tu sais que ces gens vont attirer l'attention de la police et des Allemands. Ai-je besoin de te rappeler que ton pays natal n'est pas exactement dans le même camp que les boches ? Nous risquons la déportation s'ils apprennent qu'on a caché des juifs. Es-tu sûre de vouloir mettre en danger nos propres enfants pour sauver les « Lambert » (quel nom idiot ils se sont choisi, on devine qu'il est faux à cent mètres), ces gens qu'on ne connaît même pas ?

Grace : — Octave, qu'on leur fasse préparer les chambres du deuxième étage, c'est assez large pour y glisser quatre ou cinq personnes et personne n'en saura rien. Écoute, ce sont des amis d'amis, nous n'avons pas le choix.

Charles : — D'accord. Il faut juste fixer des

règles : ils prendront leurs repas en haut, un ravi-
taillement par jour, pas de sorties, quelques promenades dans le parc, aucun contact avec les enfants,
officiellement ce sont des locataires qui vivent au-
dessus de chez nous, un point c'est tout.

Grace : — God save the King and the British
Navy !

Ils étaient quatre : la grand-mère, le père joaillier,
un petit garçon prénommé Michel et une domesti-
que. La cohabitation se passa le mieux possible,
c'est-à-dire dans une grande prudence réciproque.
Les enfants Beigbeder n'avaient pas le droit de
monter au deuxième étage, leurs parents ne leur ont
jamais rien dit de ces locataires discrets. Les Lambert menaient une vie secrète, recluse, un emprisonnement volontaire et angoissé. Trois vaches de
la ferme, au fond du jardin, fournissaient dix litres
de lait par jour. Un jour resté célèbre dans l'histoire
de la famille fut celui de la visite de l'officier allemand à la Villa Navarre. D'après mes tantes, ce
devait être en septembre 1943. L'Obersturmführer
appréciait la vue sur les Pyrénées, le beau jardin à
la française et l'opulence de la maison. Il sonna à
la porte principale et Grace, ma grand-mère américaine, eut la présence d'esprit d'appeler tous ses
enfants (Gérald et Marie-Sol, Evelyne et mon père)
pour leur demander de courir partout en faisant du
bruit, de monter et dévaler l'escalier, de jouer à chat
dans le salon et la bibliothèque comme de sales
garnements mal élevés.

L'odeur de ce hall est l'odeur de l'enfance de

mon père : mélange d'encaustique, de linoléum des ascenseurs, de fleurs séchées et de renfermé… Elle flotte encore dans l'entrée de la Villa, devenue un hôtel de luxe. Malgré les travaux qui ont remplacé notre salle de jeu souterraine par une piscine intérieure, l'odeur du passé ne passe pas ; j'ai toujours envie que quelqu'un ouvre les fenêtres pour sentir les Pyrénées. L'officier gravissait le perron en 1943, inspirant la même odeur que vous, si vous y réservez une chambre ce soir. La gardienne Catherine et son mari Léon ont couru prévenir les « Lambert » au deuxième étage ; le rythme cardiaque de la famille claustrée a dû s'accélérer fortement en apercevant par les vasistas les véhicules de la Reichswehr garés dans la grande allée. L'Allemand fut très correct : pas de salut nazi, un baisemain à Madame Beigbeder en faisant claquer ses talons.

— Votre maison est charmante Madame ! Serait-il possible de la visiter bitte schön ? Nous cherchons une résidence pour installer nos quartiers.

Granny a toussé :

— C'est que… comme vous le voyez, nous sommes très nombreux et toutes nos chambres sont occupées malheureusement. (Nouvelle quinte de toux.) La maison est pleine, avec les enfants, les domestiques, le chauffeur, les femmes de chambre, la cuisinière… En outre nous ne voudrions pas vous mettre en danger. Nous traitons des malades contagieux.

— Chère Madame, vous savez que je pourrais faire réquisitionner cette maison pour besoin de guerre.

— Mais bien sûr, si vous y tenez, ce ne sont pas quelques minuscules bacilles qui vont impressionner la Wehrmacht, n'est-ce pas ?

Sur ces entrefaites, la mère de mon grand-père descendit l'escalier en demandant :

— Voyons, que se passe-t-il, Grace ? Quel est ce Monsieur ?

— Ne vous inquiétez pas, Madame, nous devisons avec ce courtois officier.

— Qui est la vieille femme ? demanda l'officier allemand en français.

— Oh permettez que je vous présente ma belle-mère, le célèbre peintre Jeanne Devaux qui vit avec nous. Excusez-moi, mon lieutenant, mais en français on ne dit pas « la vieille femme », on dit « la dame âgée ».

Les vaches traversèrent alors la cour. L'officier s'étonna :

— Qu'est-ce que c'est que ça ?

— Il y a une ferme à côté...

— Et même au deuxième étage, vous n'avez pas de place pour nous ?

Silence angoissé. Jeanne fit alors preuve d'une grande rapidité d'esprit :

— Ah non, dit-elle, au deuxième, on garde du foin pour les vaches !

— Ach so ! Merci de votre aimable accueil, nous allons réfléchir à votre invitation et nous reviendrons peut-être. Auf wiedersehen !

L'officier ne revint jamais.

Les Lambert quittèrent la villa Navarre après le départ de l'armée allemande, en août 1944. La grand-mère, Simone, déclara en montant dans sa voiture : « Quatre ans de foutus ! Vivement Paname ! » Ce langage ingrat choqua, paraît-il, mes grands-parents. Ils ne parlaient jamais de cette histoire, et ne gardèrent aucun contact avec cette famille de diamantaires. On peut sauver des juifs tout en restant fidèle à son catholicisme monarchiste, traditionaliste, vaguement antisémite ? On accuse souvent les snobs de superficialité, n'oublions pas qu'il peut leur arriver d'être héroïques en toute frivolité, sauvant une famille entière parce qu'elle est liée à la même gentry. Ce qui n'empêche pas de garder ses distances, un peu comme si l'on s'écriait : « Ce n'est pas parce qu'on vous sauve la vie qu'on a gardé les cochons ensemble ! »

En tout cas, la repartie de ma grand-mère : « On ne dit pas la vieille femme, on dit la dame âgée » a fait le tour de Pau à l'époque, comme beaucoup de répliques de Granny, qui descendait du dramaturge George Bernard Shaw, et dont le propre père, celui qui était colonel dans l'armée des Indes, disait ceci :

— J'ai réussi à dompter l'Inde mais je n'ai jamais pu dompter ma fille.

La phrase de Granny que je préfère, c'est François Bayrou qui me l'a rapportée ; comme il lui demandait poliment lors d'un cocktail à la Villa Navarre, organisé pour fêter l'ouverture de la chasse au renard, comment elle se portait, elle rétorqua : « C'est affreux ! Plus je vieillis, plus je suis intelligente. » Ma tante Evelyne m'a également appris que Charles et Grace Beigbeder embauchèrent des médecins juifs (allemands, hongrois, polonais) au sanatorium du Pic du Midi durant toute la guerre en les inscrivant comme « internes », et y cachèrent également de nombreux enfants juifs, les faisant passer pour tuberculeux. Les Allemands avaient très peur des microbes, ils ne s'approchaient pas des sanas. La princesse de Faucigny-Lucinge, née Ephrussi, arrivée à Pau avec ses vingt domestiques de l'avenue Foch, préférait dormir à la Villa Navarre toutes les nuits par crainte d'être dérangée dans son sommeil par quelque visite inopinée. Ma cousine Anne Lafontan évalue à environ 500 le nombre de juifs passés par les établissements de cure familiaux pour fuir vers l'Espagne. Il ne reste malheureusement aucune preuve de ces actes de bravoure. Cela ferait de mes grands-parents paternels des héros anonymes d'un courage inouï. Je sais que Grace fumait les cigarettes anglaises que lui fournissait son ami le père Carré, lequel abritait chez lui des pilotes britanniques, tous aristocrates, et que son sport favori était d'en recracher la fumée au nez des soldats allemands qui déambulaient sur le boulevard des Pyrénées. Charles a été arrêté à deux reprises lors de ses déplacements en train vers Paris. Il a réussi à rentrer chez lui grâce à ses relations haut placées, mais lesquelles ? Mon oncle affirme qu'il a aussi sauvé des collabos durant l'Épuration, toujours en les faisant passer vers l'Espagne, par le même chemin qui permit de sauver tant de juifs. Ce n'est pas grand-chose mais c'est tout ce que je sais : ils ont joué un double jeu extraordinaire (les pétainistes et les gaullistes étaient reçus à Navarre mais ne passaient pas

par la même entrée pour éviter qu'ils ne se croisent).
Aujourd'hui que la maison est transformée en Relais
et Château, on peut encore dormir dans la chambre
de Granny, que mon grand-père conserva entrete-
nue, impeccable, inchangée, longtemps après sa
mort. Je m'en souviens comme d'un sanctuaire sacré
où il m'était interdit de pénétrer. J'y suis retourné
depuis que la maison a été transformée en hôtel. Il
paraît qu'il ne faut pas revenir sur les lieux de son
enfance, car ils semblent minuscules. Pas la Villa
Navarre : c'est la seule maison qui ne rétrécit pas
avec le temps. Désormais n'importe quel écrivain en
herbe peut dormir dans la chambre de cette morte.
Mais Granny la hante encore, et son occupant cer-
tifie, certaines nuits, y avoir entendu sa voix chucho-
ter avec son accent new-yorkais :

— On ne dit pas « la chambre de cette morte »,
my dear Frederic, on dit « les appartements de ma
regrettée grand-mère ».

Mon pays était nazi quand mes parents étaient
enfants. Dégoûtés de la France, mon père et ma
mère sont partis étudier en Amérique, le pays qui
avait libéré le leur. Nos grands-parents humiliés
sauvèrent la face grâce à un général exilé à Londres.
Jusqu'en mai 1968, où l'hypocrisie vola en éclats, et
avec elle, le mariage de mes parents. Ce n'est qu'en
mai 1981, avec l'élection d'un Vichyssois résistant,
qu'il devint acceptable pour nos grands-pères de
reconnaître qu'ils étaient des survivants : côté
maternel, un militaire blessé, prisonnier et père
de famille, résistant tardif mais réel combattant ;

côté paternel, un monarchiste imprégné des idées antijuives de Charles Maurras, prospère durant l'Occupation, mais « Juste parmi les nations », non reconnu par Israël puisque personne n'en a jamais fait la demande. Il est probable que ça ferait une belle jambe à Charles Beigbeder Senior d'avoir un arbre à son nom au mémorial de Yad Vashem ; cependant cette histoire totalement ignorée de mon père, que je n'aurais jamais connue si je n'avais tiré les vers des nez (béarnais) de mes oncles et tantes, m'emplit de fierté, moi le petit-fils idiot en garde à vue. Comme dit le Talmud : « Quiconque sauve une vie sauve l'univers tout entier. » Après la Première Guerre, les Français broyés avaient compris qu'il valait mieux être débrouillard et vivant qu'héroïque et mort. Et quand on était un héros, c'était à contre-temps, sans s'en vanter, peut-être même sans le faire exprès. On pouvait être héroïque et diplomate, héroïque et mondain, héroïque bien que riche, héroïque sans en mourir. On considérait qu'on avait déjà beaucoup de chance d'être toujours en vie dans un pays qui venait de rendre l'âme.

14

Problèmes d'audition

Les flics sont aimables mais le service est lent : ils mettent un temps fou à m'apporter des gobelets en plastique remplis d'eau du robinet. J'épuise mon énergie à leur demander l'heure à travers la vitre. Une gardienne de la paix en uniforme finit par me répondre : sept heures du matin. L'anxiété monte d'un cran, avec la gueule de bois. Impossible de dormir avec les cris et les pleurs des autres « dégrisés ». Le retour à la réalité brutalise. Le Sarij 8 est un baraquement provisoire de préfabriqué. L'adresse en est pourtant extrêmement chic : 210 rue du Faubourg Saint-Honoré, à quelques minutes du palais de l'Élysée qui se trouve un peu plus bas, sur le trottoir d'en face. Le Sarij fait figure de bidonville collé à la Mairie du VIIIe comme un échafaudage de ravalement. C'est là-dessous qu'ils m'ont enterré, après m'avoir fouillé et photographié dans une caravane en contreplaqué. Mon crâne explose, envie de vomir, suffocation derrière le verre Securit incassable. Les toilettes sont un trou puant à la turque au bout du couloir éclairé au néon. On n'a pas le droit d'en fermer la porte. Le petit déjeuner est servi : un biscuit mou et une brick de jus d'orange chaud. Allergie au bruit métallique que font les trois verrous au moment où le fonctionnaire de police referme votre serrure, lorsque vous revenez des toilettes, ou quand il vous a tendu le gobelet d'eau tiède que vous réclamiez depuis trois quarts d'heure. Il faut alors prendre sur soi pour ne pas glisser un pied dans la porte, tambouriner, supplier de sortir. Comment faisait Brummel en prison à Caen en 1835 pour rester digne ? Au bout d'un temps infini, un policier en civil m'annonce qu'il va m'auditionner dans son bureau. Nous montons au troisième étage, dans une pièce aux murs couverts de photos de disparus. Aux États-Unis on les met sur les bouteilles de lait, c'est plus utile que de les placarder dans un bureau où personne ne passe, à part des noceurs alcoolisés et des délinquants juvéniles. En retirant son blouson de cuir élimé, le policier me demande ce qui nous a pris, au Poète et à moi, de faire un geste aussi clairement illégal sur la voie publique. Il porte un polo noir boutonné jusqu'en haut, on sent qu'il cherche à ressembler à Yves Rénier dans le Commissaire Moulin. Il m'a reconnu et semble satisfait de partager une scène dans un téléfilm avec une autre vedette de l'audiovisuel. Je lui explique que notre geste rendait hommage au chapitre de *Lunar Park* de Bret Easton Ellis, où Jay McInerney sniffait sur le capot d'une Porsche à Manhattan (Jay affirme que Bret l'a inventée mais je ne le crois pas). Il ne connaît pas ces auteurs, je lui explique que ce sont deux romanciers américains qui ont eu beaucoup d'influence sur mon travail. J'invoque ma solidarité avec les fumeurs de cigarette, désormais obligés par la loi de s'adonner à leur vice dans la rue. Je dis ma fascination pour la Prohibition des années 20 aux États-Unis, et comment elle inspira le personnage du trafiquant Gatsby à l'alcoolique Fitzgerald. À ma grande surprise, le flic me cite Jean Giono. « Saviez-vous qu'il a eu l'idée du *Hussard sur le toit* en prison, lorsqu'il fut incarcéré à la Libération ? » J'hallucine. Je lui cite la seule phrase de Giono dont je me souvienne : « Mon livre est fini, je n'ai plus qu'à l'écrire. » Elle résume bien ma situation présente. Le flic me vante l'influence de la privation de liberté sur l'écriture romanesque. Je le remercie pour l'étroitesse des conditions de ma garde à vue, qui contribue effectivement à épanouir mon imaginaire.

— Merci monsieur l'agent de m'enrôler dans le Cercle des Poètes Détenus : François Villon, Clément Marot, Miguel de Cervantès, Casanova aux Plombs, Voltaire et Sade à la Bastille, Paul Verlaine à Mons, Oscar Wilde à Reading, Dostoïevski au bagne d'Omsk… (J'aurais pu ajouter Jean Genet à Fresnes, Céline au Danemark, Albertine Sarrazin, Alphonse Boudard, Edouard Limonov, Nan Aurousseau…) Merci inspecteur, il ne me reste plus qu'à écrire mes « Souvenirs de la maison des viveurs », ma « Ballade de la geôle des Champs-Élysées » !

Il tape toutes mes déclarations sur un vieil ordinateur, je constate qu'il est moins bien équipé technologiquement que Jack Bauer. Il me demande :

— Pourquoi vous droguez-vous ?

— C'est un bien grand mot.

— Pourquoi consommez-vous ce produit toxique ?

— Quête de plaisir fugace.

Sachez que, quelque part dans les archives de la police nationale, existe une déposition où un dénommé Frédéric Beigbeder a déclaré que l'usage de stupéfiants était une « Quête de plaisir fugace ». Vos impôts servent à quelque chose. Quand Jean-Claude Lamy lui posa la même question quelques années plus tôt, Françoise Sagan répondit : « On se drogue parce que la vie est assommante, que les gens sont fatigants, qu'il n'y a plus tellement d'idées majeures à défendre, qu'on manque d'entrain. »

— Vous voulez mourir ?

— Écoutez, Commissaire, ma santé ne vous regarde pas, tant qu'elle n'attente pas à la vôtre.

— Vous vous détruisez ?

— Non, je m'ennuie. Et ce ne devrait pas être votre problème !

Il me demande de développer, j'expose mon désaccord avec une société qui prétend protéger les gens contre eux-mêmes, les empêcher de s'abîmer, comme si l'être humain pouvait vivre autrement qu'en collectionnant des vices agréables et des addictions toxiques. Il me répond qu'il n'est pas responsable des lois, qu'il ne fait que les appliquer… Refrain connu. Je me retiens de lui raconter comment ma famille a désobéi aux lois antijuives pendant la guerre. Je me contente de baisser la tête en soupirant ; le système judiciaire français a ceci de commun avec la religion catholique qu'il encourage le mea culpa. J'ai l'impression d'être redevenu le bambin que j'ai sans doute été, convoqué chez le Père supérieur de l'école Bossuet pour une idiotie quelconque. L'inspecteur enchaîne :

— Vous ne faites pas du mal qu'à vous-même. Vous avez une fille.

— Comportement névrotique. J'ai remarqué que je m'éloigne de ceux que j'aime. Si vous me prêtez un divan, je vais vous expliquer pourquoi. Vous avez trois ans ?

— Non, mais 24 heures, ou 48, voire 72. Je peux prolonger la garde à vue autant qu'il le faudra. Vous êtes connu du grand public, vous donnez un mauvais exemple. On peut se permettre d'être plus sévère avec vous qu'avec un autre.

— Selon Michel Foucault, cette idée de « biopolitique » est née au XVIIe siècle, quand l'État a commencé à mettre en quarantaine les lépreux et les pestiférés. Pourtant la France est le pays de la liberté. Ce qui m'autorise à revendiquer le Droit de me Brûler les Ailes, le Droit de Tomber Bien Bas, le Droit de Couler à Pic. Ce sont des Droits de l'Homme qui devraient figurer dans le Préambule de la Constitution au même titre que le Droit de Tromper sa Femme sans être Photographié dans les Journaux, le Droit de Coucher avec une Prostituée, le Droit de Fumer une Cigarette en Avion ou de Boire du Whisky sur un Plateau de Télévision, le Droit de Faire l'Amour sans Préservatif avec des Personnes Acceptant de Courir ce Risque, le Droit de Mourir dans la Dignité Quand on est Atteint d'une Maladie Douloureusement Incurable, le Droit de Grignoter entre les Repas, le Droit de ne Pas Manger Cinq Fruits et Légumes par Jour, le Droit de Coucher avec une Personne de Seize Ans Consentante sans que Celle-ci ne Porte Plainte Cinq Ans Après pour Corruption de Mineur… Je continue ?

— On s'éloigne du sujet. La drogue est un fléau qui fout en l'air la vie de centaines de milliers de jeunes qui n'ont pas la même chance que vous. Vous êtes issu d'un bon milieu, je vois que vous gagnez bien votre vie, vous avez effectué des études supérieures. Vous n'êtes pas à plaindre.

— Ah non ! Pas vous, pas ça ! Parce qu'on est un bourgeois on n'a pas le droit de se plaindre ? On m'a fait ce coup-là toute ma vie, merde !

— La plupart des délinquants enfermés ici sont très pauvres, je comprends mieux pourquoi ils dérapent…

— Si les riches étaient tous heureux, le capitalisme aurait toujours raison, et votre métier serait moins intéressant.

— Vous ne comprenez pas les dégâts de cette merde. Moi je les vois tous les jours. La cocaïne

envahit tous les départements, les villes, les ban-
lieues, jusqu'aux plus petits villages, les adolescents
en trafiquent dans la cour de récréation ! Que
direz-vous quand votre fille en prendra à l'école ?

Là il m'a cueilli, sa question m'a cloué. J'ai bien
réfléchi avant de répondre. C'était probablement la
première et dernière fois que j'aurais une conversation philosophico-sociétale avec un flic m'ayant cof-
fré. Il fallait en profiter.

— Si à 42 ans je désobéis aux lois, c'est parce
que je n'ai pas assez désobéi à ma mère dans ma
jeunesse. J'ai 20 ans de désobéissance à rattraper.
Ma fille, je la préviens des dangers qui la menacent.
Mais je n'en veux jamais à un enfant de désobéir : il
s'affirme. Bien sûr que je gronde ma fille quand elle
fait un caprice, mais je serais nettement plus inquiet
si elle n'en faisait jamais. Je vais écrire un livre sur
mes origines. Puisque vous me traitez comme un
môme, je vais essayer d'en redevenir un. Pour expliquer à ma fille que le plaisir est une chose très
sérieuse : nécessaire mais dangereuse. Vous ne comprenez pas que cette affaire nous dépasse tous les
deux ? Ce qui est en cause, c'est notre façon de vivre.
Au lieu de frapper les victimes, demandez-vous
pourquoi tant de jeunes sont désespérés, pourquoi
ils crèvent d'ennui, pourquoi ils cherchent n'importe
quelle sensation extrême plutôt que le sinistre destin
de consommateur frustré, d'individu normalisé, de
zombie formaté, de chômeur programmé.

— Je suis flic, vous êtes écrivain. Chacun son
boulot. Nous, quand un jeune fout le feu à une

bagnole, on l'interpelle et on l'envoie devant un juge. Vous, vous essayez d'analyser les raisons de sa révolte nihiliste... Libre à vous.

— Ce que vous refusez de voir, c'est que ce produit n'est qu'un prétexte pour se rapprocher des autres, un truchement entre inconnus, un biais pour tromper sa solitude, un lien idiot mais réel entre égarés... Si vous connaissez un truc qui permette autant de fraterniser avec d'autres paumés, dites-le-moi.

— D'accord, d'accord... Je me demande tout de même comment vous allez faire pour écrire sur vos origines.

— Ah bon, et pourquoi ça ?

— Bah, tout le monde le sait...

— Tout le monde sait quoi ?

— Enfin voyons, la coke fait perdre la mémoire.

Il était fort ce policier. J'étais estomaqué. Il venait de me faire comprendre pourquoi je m'escrimais dans mon cachot à me souvenir de ce que j'avais oublié. Le métier de flic, comme celui de romancier, consiste à rapprocher des choses apparemment sans rapport entre elles. Nous avions cela en commun, lui et moi : être convaincu que le hasard n'existe pas. J'ai digéré l'info, puis repris mes esprits :

— Vous avez raison, cette drogue fait perdre la mémoire, vivre intensément dans le présent, et se sentir mal le lendemain. C'est la drogue des gens qui ne veulent ni se souvenir, ni espérer. La coke brûle l'héritage ; si j'écris sur elle c'est parce qu'elle symbolise notre temps. La cocaïne est dans mes livres non pas pour faire branché ou trash (en ce cas il faudrait choisir un produit moins ringard : kétamine, MDMA, GHB, 2CB, DMT, PCP, BZP...) mais parce qu'elle condense notre époque : elle est la métaphore d'un présent perpétuel sans passé ni futur. Croyez-moi, un produit pareil ne pouvait que dominer le monde actuel ; nous n'en sommes qu'au début de l'intoxication planétaire.

— J'espère que vous vous trompez...

— Moi aussi.

J'ai l'impression de sonner faux, je ne crois déjà plus moi-même à ce baratin, je me sens ridicule de continuer à défendre ce personnage de rebelle drogué à huit heures du matin, dans un bureau qui sent le café froid et les aisselles tièdes. Je me prends pour Octave ou quoi ? Il m'a tendu un exemplaire de mes déclarations qui venait de sortir de son imprimante.

— Relisez et signez en bas. L'audition est terminée, je vais vous raccompagner en cellule et faxer mon rapport au procureur.

— Je sortirai quand ?

— Plus vite j'enverrai le fax, plus vite le magistrat décidera si on vous libère, et quand. Mais il ne faut pas compter avant onze heures : il n'arrive pas à son bureau avant... Et comme vous êtes « connu », il tient à s'occuper de votre affaire personnellement.

— Mais vous ne pouvez rien faire... je suis claustrophobe, je deviens dingue là-dedans, c'est l'horreur...

— Je sais : c'est fait pour. Les cellules de garde à vue sont spécialement conçues pour vous déstabiliser et vous mettre en situation de tout nous raconter. Mais ne vous en faites pas, votre cas est banal, normalement vous sortirez à midi.

C'était faux mais il l'ignorait. L'inspecteur m'a reconduit dans ma cage en souriant. Il aurait pu au moins avoir l'honnêteté d'être antipathique, puisque ce qu'il me faisait subir était désagréable. Mais la police française a toujours eu une façon très humaine d'être inhumaine. Nous avons un peu continué de deviser nonchalamment dans l'escalier, comme s'il n'allait pas m'enfermer dans un trou à rats sans me permettre de me laver, ni de téléphoner pour prévenir mes proches, ni me donner un truc à lire, sans rien, comme un chien crevé, un paquet de linge sale, et le voilà qui referme très poliment à triple tour la porte de mon dépotoir, ornée de graffitis « Nick la police » et « Mort aux Keufs ».

Je me suis retrouvé seul avec un lascar qui venait d'être arrêté pour exhibitionnisme et vol à l'étalage. Je n'osais lui demander s'il avait d'abord volé des pommes avant de montrer son sexe à une cliente, ou s'il avait commencé par l'exhiber à la caissière avant de subtiliser une boîte de cassoulet, ou si les deux actes étaient simultanés : il devait falloir beaucoup d'adresse pour baisser son pantalon devant une ménagère de moins de cinquante ans tout en la délestant de son porte-monnaie. L'individu était en tout cas ivre et agressif, il ne cessait d'insulter la

maréchaussée, dès qu'il me reconnut il devint menaçant, me demandant de lui donner 10 000 euros,
criant mon nom pour que les autres prévenus
sachent qui était là, et les autres prisonniers se
mirent à leur tour à répéter le nom de la chaîne de
télé qui m'employait, à me menacer de kidnapping
ou de révélations à la presse. Le mot « enculé »
revenait souvent dans leur bouche, comme une
obsession, une préoccupation, peut-être un désir
inavoué.

— J'ai un pote qui bosse à la Poste, il trouvera
ton adresse en deux minutes sur internet. On viendra chez toi.

Je ne bronchais pas, je restais muet. Je me suis
allongé en position fœtale sur un matelas en mousse
dégueulasse posé au sol pour faire semblant de dormir au milieu des pelotes de poussière et des cafards
morts. Mais je n'ai pas trouvé le sommeil. J'ai
regretté de ne pas avoir mémorisé les mantras du
hatha yoga de Sri Krishnamacharya, qui permet une
ascèse engageant toutes les forces du corps et de
l'esprit.

15

Béance affective

J'habite mon enfance, je m'installe dans mon passé.

Les seuls noms propres de mon enfance dont je me souvienne sont ceux des filles que j'aimais et qui n'en surent jamais rien : Marie-Aline Dehaussy, les sœurs Mirailh, Clarence Jacquard, Cécile Favreau, Claire Guionnet, Michèle Luthala, Béatrice Kahn, Agathe Olivier, Axelle Batonnier… Je crois que la plupart sont sorties avec mon frère, mais les époques et les lieux se mélangent… Ma tante Delphine m'assure que la première fille que j'ai embrassée sur la bouche est Marie-Aline, dans une cabane en bois sur la grande plage de Guéthary. Ma mère a long-temps conservé une photo de nous deux bras dessus bras dessous ; nous sourions fièrement, nos maillots de bain sont mouillés, du sable saupoudre nos che-veux. Une fossette se creuse dans sa joue quand elle sourit, la même que la mienne. Nous avions huit ou neuf ans, le premier bisou sur les lèvres était un grand événement pour moi, mais pour elle ? Je n'en

sais rien. Mon frère et ma tante l'appelaient gentiment ma « fiancée » pour me faire rougir. Ai-je été
plus heureux qu'en ce jour oublié ?

Je me souviens mieux de la première fille embrassée avec la bouche ouverte, en rentrant la langue.
C'était beaucoup plus tard, à treize ans, dans une
boum d'après-midi, rue de Buci. La fille n'était pas
terrible mais un copain portant un blouson en jean
Wrangler m'avait indiqué qu'elle était d'accord pour
danser le slow. Il l'avait poussée vers moi tandis que
je me baissais pour refaire mes lacets de Kickers, le
temps de dérougir. C'était une blonde prénommée
Vera, une Américaine du même âge que moi. Quand
elle m'a souri, j'ai compris pourquoi elle n'était pas
dégoûtée par mes bagues métalliques sur les dents :
elle portait le même pare-chocs en ferraille. J'ai posé
mes mains sur ses épaules mais elle me les a des-
cendues sur ses hanches ; c'était elle qui détenait le
pouvoir. Les volets étaient fermés, Vera sentait la
transpiration, et moi aussi je puais sous les bras
dans mon tee-shirt « Fruit of the Loom ». Quatre
ampoules de couleur (une rouge, une verte, une
bleue et une jaune) clignotaient approximativement
en rythme sur *If you leave me now* de Chicago (première pelle, debout) et *I'm not in love* de 10CC
(deuxième pelle, assis sur le canapé). Ces chansons
me font encore pleurer à chaque fois que je les
entends. Quand elles passent à la radio, si quelqu'un
ose parler, zapper, ou envisage de baisser le son, je
peux commettre un meurtre. J'ai appris par la suite
que le garçon qui m'avait présenté Vera avait

ordonné à l'Américaine de sortir avec moi parce que sinon j'allais devenir pédé – je restais seul dans mon coin à boire du Fruité à la pomme et au cassis, la tête baissée sur une tranche de Savane séchée dans une assiette en carton, cachant tant bien que mal mon sourire orthodontique. À treize ans, j'étais le dernier garçon de la classe qui n'avait jamais roulé de patins. Vera m'avait galoché pour amuser ses potes ; mon premier « french kiss » est le résultat d'un pari humiliant. Quand je l'ai su, je me suis senti merdique mais j'étais tout de même fier d'avoir franchi une étape : tourner ma langue dans d'autres appareils dentaires que les miens. J'ai crâné pendant au moins une semaine dans la cour de récréation du lycée Montaigne. Il n'y avait pas de filles à l'école Bossuet, puis soudain, à partir de la 6ᵉ, je me suis retrouvé dans la classe mixte d'un collège public. Jusqu'à cette boum rue de Buci, j'étais puceau de la bouche. J'ai découvert à Montaigne ce que serait mon adolescence : une litanie d'amours muettes, un mélange de douleur exacerbée, de désir dispersé, d'insatisfaction masquée, de timidité absolue, une suite de déceptions silencieuses, une collection de coups de foudre non réciproques, de malentendus, de rougissements intempestifs et vains. Ma jeunesse consisterait principalement à regarder le plafond de ma chambre en écoutant *If you leave me now* et *I'm not in love*.

Une autre fois, j'avais annoncé sur un ton victorieux à mon frère que j'avais peloté les seins de Claire, une jolie fille de ma classe. Ce furent mes premières caresses sur une poitrine à peine éclose, à travers le tee-shirt Fiorucci, par-dessus le soutien-gorge, j'avais palpé cette molle fermeté circulaire, tendresse tendue, dure au centre, ronde douceur autour de la pointe dressée... Charles m'a alors dit que j'étais débile, qu'il avait aussi peloté les seins de Claire mais sous son tee-shirt, après lui avoir enlevé son soutien-gorge : il l'avait caressée à même la peau, ô grands dieux... Une fois de plus, j'étais distancé. Mon frangin était plus fou que moi, à l'adolescence. À seize ans, il baisait des filles sur le toit de notre immeuble. Une fois, il avait dépucelé une nana dans notre chambre, je me souviens de draps ensanglantés au matin qui inquiétaient ma mère et décuplaient mon admiration. J'étais le fils timide et lui le déjanté. À un moment, il a choisi de rentrer dans le rang, de dompter le malade qui est en lui... Je me suis empressé de reprendre le créneau.

Je n'ai pas non plus oublié Clarence Jacquard, la voisine d'en face rue Coëtlogon. Je l'aimais sans jamais le lui dire. Je rougissais trop pour pouvoir lui parler. Je devenais écarlate quand je la voyais à l'autre bout de Montaigne, mais aussi quand elle n'était pas là, si quelqu'un m'en parlait. Tous mes copains se foutaient de ma gueule. Le soir, enfermé dans ma salle de bains, je m'entraînais à prononcer son nom sans rougir, je n'en dormais pas de la nuit. Mais à peine arrivé au lycée, ça revenait. Il suffisait que je pense à elle, ou que quelqu'un suppose que je puisse penser à elle, ou que je suppose que quelqu'un puisse songer que j'allais éventuellement penser à elle, et je devenais rouge pivoine. De ma chambre, je la regardais dîner seule avec sa mère dans l'immeuble d'en face. C'était une brune avec une frange et un long nez. Je ne sais pourquoi j'étais aussi épris de cette voisine. Sa mère et elle avaient le même nez : parfois un simple détail suffit à faire éclore un sentiment merveilleux. Elle ne sait rien de cette passion, Clarence Jacquard. Pour moi elle était tout, pour elle je n'étais rien. Je n'ai jamais osé l'aborder de ma vie, j'ignore ce qu'elle est devenue. J'écris ici son vrai nom en me croyant adulte, mais si une quadragénaire vient un jour, dans un Salon du Livre, me gronder de l'avoir citée dans mon dernier livre, je suis à peu près certain que je rougirai encore, même si elle est devenue hypermoche, ce qui serait encore plus embarrassant.

De ces rejets si nombreux, de toutes ces joues tournées, de ces jalousies enfantines et ces frustrations adolescentes date mon addiction aux lèvres de femmes. Quand on a tant essuyé de refus et tant espéré sans oser, comment ne pas passer le restant de sa vie à considérer chaque baiser comme une victoire ? Je ne parviendrai jamais à me défaire de l'idée que toute femme qui veut bien de moi est la plus belle du monde.

On peut oublier son passé. Cela ne signifie pas que l'on va s'en remettre.

16

Jours enfuis à Neuilly

Ni violé, ni tabassé, ni abandonné à la DASS, je suis juste le deuxième fils d'un couple originaire du Sud-Ouest de la France. J'ai été élevé par ma mère après le divorce de mes parents, même si je passais un week-end par mois et une partie des vacances chez mon père. Le registre de l'état civil est formel : je suis né le 21 septembre 1965 à Neuilly-sur-Seine, 2 boulevard du Château, à 21 h 05. Ensuite, plus rien. Mon enfance m'échappe comme un rêve au matin : plus je cherche à me la remémorer, plus elle s'éloigne dans la brume.

Le monde dans lequel je suis né n'a rien de commun avec celui d'aujourd'hui. C'était la France d'avant mai 1968, encore dirigée par un général en uniforme gris. Je suis désormais suffisamment vieux pour avoir vu disparaître un mode de vie, une façon de parler, une manière de s'habiller, de se coiffer, une télévision qui ne diffusait qu'une seule chaîne dont l'émission-phare était un spectacle de cirque en noir et blanc (« La Piste aux étoiles »). En ce temps-là, les agents de police avaient des sifflets à roulette et des bâtons blancs. C'était vingt ans après Auschwitz et Hiroshima, les 62 millions de morts, la déportation, la Libération, la faim, la pauvreté, le froid. Les adultes parlaient de la guerre en baissant la voix quand les enfants entraient dans la pièce. Ils sursautaient le premier jeudi du mois, à midi, quand ils entendaient la sirène d'alerte aux populations. Leur seule obsession durant toutes les années de ma jeunesse était le confort. Après la guerre, tout le monde est devenu gourmand pendant cinquante ans. C'est pourquoi mon père a choisi une carrière très rémunératrice dans les affaires, alors que sa véritable vocation était la philosophie.

Nous allions à l'école maternelle de Neuilly en file indienne, tenant une ficelle. Nous vivions au rez-de-chaussée d'un hôtel particulier dans une rue calme, bordée de platanes et de réverbères : la rue Saint-James qui se prononçait « Cinjame », au numéro 28. C'était une ruelle sans boutiques ni bruit, où même les bonnes chuchotaient. Notre chambre donnait sur un petit jardin bordé d'une haie de troènes et de rosiers. Un tricycle était renversé sur la pelouse. Il paraît qu'il y avait un saule pleureur. J'y suis parfois retourné, à pied, pour voir si la mémoire reviendrait : rien n'est revenu mais le saule pleure encore. J'espérais voir ressurgir des images inédites, mais je n'ai rien reconnu du gazon où j'ai effectué mes premiers pas. J'ai été frappé par la sérénité, la paix qui émane de cette rue pour riches. Comment mes parents ont-ils réussi à se disputer dans une ruelle aussi tranquille ? C'est une allée résidentielle, imitant une sorte de village campagnard idéal, en pleine banlieue parisienne. On pourrait être à Londres, près de Grosvenor Square, ou dans les Hamptons, dont les pelouses descendent en pente douce vers l'Atlantique (en remplaçant l'océan par la Seine). Ma mère m'a dit qu'elle promenait ses bébés dans un landau à nacelle bleu marine, roues à rayons et pneus blancs de chez Bonnichon. Un jour, elle croisa l'acteur Pierre Fresnay qui habitait à côté. Il s'écria : « Quels beaux enfants ! » Ce fut mon premier contact avec le show business. Ma mère portait un mini-kilt écossais rose pâle ; sur certaines photos de cette époque, elle ressemble à Nancy Sinatra dans le Scopitone de *Sugar Town*, 1967[1]. Mon frère et moi étions habillés en Molli, et plus tard, quand nous gambadions, c'était en petits manteaux en tweed à col de velours rapportés de chez Harrods London. Mais l'utopie n'était pas aussi impeccable que nos tenues.

_____

1. « *I've got some troubles but they won't last / I'm gonna lay right down here in the grass / And pretty soon all my troubles will pass / Cause I'm in shoo-shoo-shoo-shoo-shoo sugar town.* » (Traduction : « J'ai des soucis mais ça ne va pas durer/Je vais m'allonger dans l'herbe/Et bientôt mes soucis vont s'envoler/Parce que j'habite dans le village en su-su-su-su-su-sucre. »)

Maman était obligée de supporter le voisinage de sa belle-mère américaine qui débarquait à l'improviste pour apporter une boîte d'« After Eight ». On n'envoyait pas encore promener la mère de son mari, habitant la rue parallèle (Delabordère) quand elle sonnait à la porte pour donner des leçons sur l'éducation de ses petits-enfants. Apparemment, Granny critiquait sans cesse notre nurse, une Allemande qui avait appartenu à la Jeunesse Hitlérienne : Anne-Gret', charmante dame très autoritaire que la chute du Reich n'avait pas dégoûtée de la discipline. Je garde d'elle une image verte qui gratte : un personnage vêtu entièrement de loden. Les premiers mots que j'ai entendus furent prononcés avec un accent allemand. Anne-Gret' avait parfois la manie de lécher un mouchoir pour nous débarbouiller le visage avec sa salive. En ce temps-là, les mouchoirs n'étaient pas en papier. Le bois de Boulogne était le parc préféré des officiers allemands vingt ans plus tôt mais peut-être Anne-Gret' l'ignorait-elle.

Naître à Neuilly-sur-Seine ne constitue certes pas un handicap dans la vie mais cette localité ne vous inocule pas le sens du combat. La rue se traversait dans un silence uniquement interrompu par le pépiement des moineaux et le ronronnement des voitures anglaises. Mon landau a dû se promener entre les arbres de Bagatelle, je sais que mon frère a failli se noyer dans la mare Saint-James, où il a plongé avant de savoir nager, un jour que ma mère avait le dos tourné, et parfois je rêve encore que je

navigue en barque dans cette forêt mystérieuse, rose
et verte. Le ciel défile au-dessus de ma tête ; les
branches enchevêtrées des marronniers quadrillent
le firmament, et je m'endors sur le lac du bois de
Boulogne, bercé par le clapotis des rames plongées
dans l'eau calme. Les décors de ma toute petite
enfance existent toujours ; pourtant lorsque j'y
reviens, ils ne me rappellent rien. Seuls leurs noms
semblent sortis d'un autre âge, d'un pays lointain,
désuet et disparu, une contrée étrangement fami-
lière... « La Grande Cascade » avec ses rochers artificiels, me faisait songer à une grotte mystérieuse,
une caverne magique cachée derrière la chute
d'eau... Le « Pré Catelan » et la ronde des berlines
devant le porche se confond dans ma mémoire avec
l'arrivée dans l'allée centrale de la Villa Navarre
à Pau... Le « Jardin d'Acclimatation » était notre
paradis, notre Disneyland miniature, avec ses
manèges aux ampoules multicolores, ses cris de
singes, son odeur de crottin et de gaufres... Le
« Chalet des Iles », maison de bois importée de
Suisse au milieu d'un lac, était une planète autour
de laquelle tournaient les barques blanches comme
des satellites, se frayant un sillage entre les cygnes
et les nénuphars... « L'Hippodrome de Long-
champ », avec sa foule endimanchée, les voitures
qui klaxonnent, un moulin à vent en panne, les
vendeurs de pronostics, les chevaux défilant au
pesage, une mer de chapeaux et de parapluies... Le
« Tir aux Pigeons » et ses parasols géants, ses
nappes blanches, ses allées de gravillons qui crissent

sous mes sandales babies comme des biscottes écrasées… Ai-je vécu cela ou suis-je en train d'effectuer une reconstitution historique de moi-même ? J'ai choisi de me baptiser « Marronnier » dans mes trois premiers romans pour détourner le nom de ma mère mais aussi en hommage aux feuillages du Bois, à leur verdure dessinant des ombres chinoises, aux reflets verts des marronniers en fleurs de l'avenue de Madrid. Le « Polo de Paris », où mon père s'est inscrit en 1969… On allait au « Polo » pour dire du mal du « Tir » et au « Tir » pour mépriser le « Racing », et au « Racing » quand on n'arrivait pas à être membre des deux autres, c'est-à-dire, souvent, quand on était juif. Les maîtres d'hôtel portaient la veste blanche, c'était avant que l'on y creuse une piscine, mon frère m'apprenait à faire des pâtés dans le grand bac à sable, on faisait des batailles de marrons contre ce que ma mère appelait des « sales gosses de riche », avec en fond sonore le bruit mat des balles de tennis et des glissades de Spring Court en toile sur la terre battue ocre… Une image me revient : un joueur de polo argentin tombé de cheval, le match interrompu, et une ambulance qui roule sur le gazon, des infirmiers qui en descendent, soulèvent le brancard, l'ambulance repart, c'est une DS break blanche, le joueur fracturé portait de grandes bottes marron… Blanc et marron comme les couleurs du club-house, qui ressemble à un cottage de Long Island. Je regarde l'ambulance avec les jumelles de mon père, mais tournées à l'envers, de sorte que la voiture semble encore plus petite et plus lointaine, comme mes souvenirs. On mangeait du melon posé sur des glaçons, et des fraises nappées de crème fraîche épaisse (la mode de la crème Chantilly est postérieure), et l'on avait un peu honte quand Granny pestait en anglais contre la lenteur du service. En sortant du Polo, je me retournais pour admirer, à travers le pare-brise arrière de la Bentley, le Trianon de Bagatelle, ou ce château 1920 qui fut longtemps un squat, flanqué d'une étrange tour crénelée comme celle de Vaugoubert, vision médiévale s'éloignant sous la pluie grise… Maintenant à Bagatelle, des téléphones portables sonnent, des motos de cross vrombissent, des ados crient en jouant au foot sur les pelouses, des familles font griller des merguez sur des barbecues et des ghetto-blasters diffusent *Womanizer* de Britney Spears au volume maximal. S'y rendre en vieille voiture anglaise est aujourd'hui considéré comme ostentatoire ; il y a quarante ans, le bois de Boulogne était rigoureusement identique à celui décrit par Proust au début du siècle. J'y suis revenu souvent depuis, pour des soirées de rallyes, des matches de tennis, des après-midi piscine, des fellations transsexuelles. Le Bois n'a plus le même charme que dans les années soixante : il n'y avait pas de transformistes à l'arrière de la voiture grise très haute de mon père mais un marchepied, des tablettes en acajou, Joan Baez et une odeur de vieux cuir. Avec, assis à l'arrière, à côté de son grand frère, un garçon trop à l'abri, comme un poisson rouge dans son bocal.

Entre 1965 et 1970, il n'y avait jamais un bruit dans ma vie. Neuilly était une sorte de Genève, un village trop propre, où l'air était trop pur, avec l'ennui comme règle acceptée pour se sentir protégé. Neuilly est une ville où le temps ne fait que passer. Comment dire sans obscénité la souffrance sourde des Hauts-de-Seine... Le commissaire du VIIIᵉ a raison : ma plainte est incompréhensible. Nous habitions le seul quartier fréquentable : du côté du Bois. Il y a deux Neuilly-sur-Seine ; quand vous descendez l'avenue Charles-de-Gaulle vers la Défense, le Neuilly chic est sur votre gauche, le Neuilly plouc sur votre droite, côté mairie. Vers le bois de Boulogne, les résidences gagnent un cachet, la bourgeoisie un charme discret, pourquoi se lamenter d'y être né ? Parce que ce monde a disparu, parce que cette vie a volé en éclats, parce que nous ignorions notre chance, parce que ce conte de fées ne pouvait pas durer. Si je conspue a posteriori ce luxe, c'est peut-être pour ne pas regretter ce qui a été effacé.

Je suis né dans un univers clos, un ghetto de confort, dont les jardins étaient bordés de haies taillées au sécateur par des jardiniers à salopette, où l'on déjeunait entourés de barrières blanches, sans avoir le droit de parler, ni de poser les coudes sur la table. À quatre heures le goûter était servi par Anne-Gret' qui arrivait dans le salon en blouse et tablier : « chocolatines » (c'est ainsi qu'on désigne un pain au chocolat en béarnais) qu'on trempait dans un verre de lait jusqu'à ce qu'elles se transforment en éponges molles, ou carrés de chocolat noir Poulain qu'on croquait dans un morceau de baguette viennoise, en y laissant parfois une dent. Le Nutella n'avait pas encore été importé d'Italie, mais parfois l'on mâchait des tartines beurrées saupoudrées de Benco. C'est un peu l'atmosphère des parcs fermés, des parties de tennis molles du *Jardin des Finzi-Contini* de Vittorio De Sica (1971). Ce film décrit la montée du fascisme et la manière dont une famille va être détruite par la guerre. Notre bouleversement à nous, vingt ans plus tard, fut mai 1968, ces rassemblements de contestataires que mes parents se piquaient d'aller voir, à l'Odéon, dans la Bentley grise, sans savoir que le souffle de cette libération allait les submerger et entraîner leur séparation.

Il y a une chose plus difficile que l'embourgeoisement : c'est le déclassement – je préfère ce mot à celui de « décadence », trop frime. Comment fait-on pour se débarrasser d'une éducation policée, de ses ridicules, ses préjugés, ses complexes, sa culpabilité, sa gaucherie, sa raie sur le côté, ses pulls à col roulé qui grattent le cou, ses blazers aux boutons dorés, ses pantalons de flanelle grise qui piquent les jambes avec le pli au milieu, sa suffisance, son élocution snobinarde et ses mensonges ? On perd la mémoire. L'État français prétend faire son possible pour que les citoyens puissent s'élever socialement, mais rien n'est prévu pour les aider à dégringoler. L'amnésie est la seule évasion des nantis face à la ruine. Mon père a beaucoup travaillé, très généreusement, pour que ses enfants ne souffrent pas de la faillite des Établissements de Cure du Béarn à la fin des années 70. Il n'a pas réussi à empêcher que nous devinions la détresse de notre famille, la plus riche de Pau au temps jadis. La mort de mes grands-parents et les querelles d'indivision qui ont suivi ont imprégné l'ensemble de mon enfance et pourri mon adolescence. Je me souviens d'une question ignoble que l'on prêtait à mon arrière-grand-mère maternelle lorsqu'on lui présenta mon père au château de Vaugoubert : « Est-il né ? » Le jour des présentations, la comtesse de Chasteigner lui avait fait passer son fameux « test du foie gras » : la femme de chambre apportait une assiette avec quelques tranches et il fallait le déguster avec sa fourchette directement sans l'étaler sur le pain, sous peine d'être catalogué plébéien de manière irréversible. Prévenu par ma mère, Jean-Michel Beigbeder avait remporté le test haut la main…

À peine quinze ans plus tard, nous étions liquidés. Les Beigbeder sont passés d'une forme de vie à une autre, du camp des hobereaux de terroir, enracinés dans une illusoire éternité comme les arbres dans le parc de la Villa Navarre, à celui des néobourgeois modernes, déracinés, urbains, éphémères et pressés, pressés parce que se sachant fragiles. Quittant Neuilly pour Paris XVIe, nous sommes entrés dans une vitesse sans mémoire, la rapidité des gens qui n'ont plus de temps à perdre, ou plutôt : nous inventions une nouvelle bourgeoisie qui n'avait plus le luxe de s'intéresser au temps perdu.

Il est difficile de se remettre d'une enfance malheureuse, mais il peut être impossible de se remettre d'une enfance protégée.

17

Chapitre claustrophobe

— Je vous préviens : si vous ne me libérez pas tout de suite, j'écris un livre !

Je finis par devenir aussi menaçant que mes voisins de cellule. Les autres détenus arrêtés cette nuit sont tous sortis ce matin, sauf un jeune qui avait renversé un scooter devant une voiture de flics. Il ne cesse de me répéter « toi, ça risque d'être long... » Merci de me remonter le moral. Il se prend la tête dans les mains, il est au désespoir parce qu'il va arriver en retard à son travail, donc peut-être le perdre. J'ai l'impression d'être seul depuis cent ans dans ce cloaque, oublié pour toujours. Une fonctionnaire en uniforme nous apporte une barquette de poulet basquaise au riz qui sent le poisson. Sans doute un poulet élevé au plancton dans un aquarium. J'ignore l'heure qu'il est, onze heures ou midi, mes vêtements chiffonnés me répugnent. Je me mets à prier : je récite le Notre Père, le Je Vous Salue Marie, non par bigoterie mais parce que cela ne peut pas nuire et m'évite de réfléchir. Le plus atroce est de penser à ceux que j'aime, le manque me ronge, comme leur possible inquiétude. Je découvre l'horreur d'être prisonnier, qui vous transforme en cocotte-minute. Je dois faire des efforts surhumains pour ne pas songer qu'il existe un monde extérieur où chacun va et vient à sa guise. Je craque, tout en me battant pour ne pas m'effondrer. Quelques minutes plus tard, je m'aperçois que des larmes de claustrophobie ont coulé. Je ne suis pas tout à fait Tony Montana avec mon menton qui tremble et ma barbe trempée. Je suis de ceux qui pleurent facilement : à titre d'exemple, chaque fois que ma fille fond en larmes en ma présence, je l'imite, ce qui n'est pas la meilleure façon de la consoler. La plus ridicule des réconciliations dans n'importe quel mélodrame télévisé me transforme en nouveau-né hoquetant, c'est catastrophique. J'ignorais que j'étais sujet à la claustrophobie. Pourtant ce séjour forcé au cachot me remémore deux terribles attaques d'angoisse dont j'ai été victime : l'une en visitant les grottes de Sare (la panique, la sudation aux tempes augmentait au fur et à mesure que l'entrée s'éloignait – il paraît que l'on ressent la même chose dans les pyramides d'Égypte), l'autre pendant un concert gothique dans les catacombes de Paris (on devait ramper dans un étroit boyau humide et noir avant d'arriver dans une salle souterraine couverte de graffitis, et soudain cette sensation affreuse d'être enterré vivant, goût de cendre dans la bouche, envie de se jeter contre les murs, il ne faut pas que j'y repense ou je vais faire une crise de tachycardie). Lors de ces deux épisodes, comme aujourd'hui, je me suis mis à suffoquer à l'idée de ne pas pouvoir sortir immédiatement à l'air libre. La claustrophobie est une noyade sans eau, mélange d'étouffement et d'hystérie. La trouille de suffoquer fait suffoquer, comme la peur de rougir fait rougir. La question lancinante du claustrophobe, qui ronge et corrode ses nerfs, est la suivante : Comment faire pour accepter d'être ici INDÉPENDAMMENT DE MA VOLONTÉ ? Le claustré est un nomade qui s'ignorait. Soudain reclus, il se découvre un destin de routard. Le gardé à vue songe au suicide, mais comment mettre fin à ses jours ? On ne lui a laissé aucun objet tranchant, ni corde, ni ceinture, ni lacets pour s'étrangler. Même les néons du plafond sont entourés de grillages d'acier pour prévenir toute tentative d'électrocution. Il pourrait se taper la tête contre le sol mais, avertis par les caméras de surveillance, les policiers de garde interviendraient sans doute à temps ; il en serait quitte pour un nez cassé, une arcade ouverte et une détention prolongée le temps de soigner ses ecchymoses à l'infirmerie.

À l'extérieur de ma geôle, je remarque une tablette dépliée contre le mur du couloir, soutenue par deux barres métalliques. J'aurais la place de glisser ma tête dans l'interstice. Il suffirait que je demande à sortir pisser et je pourrais me jeter dans ce garrot. En tournant mon crâne rapidement à 180° dans cet orifice, ma nuque serait brisée, je serais étranglé, pendu à cinquante centimètres du sol, ce serait l'affaire de quelques secondes d'inattention, le maton n'aurait pas le temps de réagir. Cependant rien ne garantit que j'éviterais la tétraplégie. Je finirais peut-être ma vie dans un fauteuil roulant, à dicter des livres avec ma paupière comme Jean-Dominique Bauby, le journaliste qui m'a embauché à *Elle* en 1997. L'élégance avec laquelle il a décrit son calvaire me redonne du courage. Une phrase me revient : « Quitte à baver, autant le faire dans du cachemire. » Qui suis-je pour songer au suicide après une nuit de garde à vue, c'est tout de même moins grave que d'être prisonnier de son propre corps transformé en scaphandre. J'inspire profondément pour éloigner l'angoisse. J'essaie de compter les secondes comme je comptais autrefois les moutons pour m'endormir, avant d'être en âge de prendre du Stilnox tous les soirs. J'énumère les numéros de téléphone que je connais, la liste des livres que j'ai lus cette année, les programmes télévisés jour par jour. La sensation d'enfermement est un absolu de la torture, sans doute analogue au supplice chinois de la goutte d'eau. Le temps se dilate, la liberté semble une lumière lointaine au bout d'un tunnel interminable, une lueur qui s'éloigne comme lors de ce mouvement de caméra inventé par Hitchcock dans *Vertigo* : le « travelling compensé ». Pour évoquer le vertige du héros interprété par James Stewart, la caméra recule tout en effectuant un rapide zoom avant, et la cage d'escalier s'allonge, l'image se déforme, James Stewart a le vertige, et je suis James Stewart. Mon corps souffre d'une peine nouvelle : isolé, abandonné, j'ai l'impression que personne ne viendra à mon secours, qu'on m'a oublié là, sous terre, pour les siècles des siècles. Des milliers de verrous et de serrures me séparent de la vie extérieure. Et cela ne fait qu'environ douze heures que je suis détenu. Je n'ose imaginer ce que doivent endurer les prisonniers de longue durée. Quand j'étais juré à la cour d'assises de Paris, j'ai envoyé, le cœur léger, des violeurs et des assassins en prison pour huit ans, dix ans, douze ans. Je serais plus laxiste aujourd'hui. Tous les citoyens qui sont cités comme jurés devraient passer un court séjour derrière les barreaux pour connaître ce qu'ils vont infliger aux accusés. En garde à vue, le cerveau humain ressasse, imagine, cauchemarde, tourne en boucle jusqu'à la folie. Il faudrait avoir la force de se faire moine bénédictin en un clin d'œil. Renoncer au monde, plonger en soi, se couper de tout désir. Accepter son sort avec abnégation. Perdre toute curiosité, toute interrogation existentielle, devenir une plante verte. J'ai pleinement conscience que cette aventure est ridicule et que je suis juste un enfant gâté que l'on a privé de son confort pour le punir de ses excès de gosse de riche attardé. Ne méprisez pas ma souffrance, le confort a été le grand combat des Français depuis la Libération. Ce truc qu'on appelle la liberté, c'était surtout une lutte pour une vie plus douillette que celle des générations précédentes. Ma douleur n'est donc pas si méprisable ; si l'on y réfléchit bien, le confort humain est même le seul progrès du XXᵉ siècle. Le confort, c'est l'oubli par le canapé Knoll.

Un jour, les prisons seront toutes transformées en musées de la douleur que nos petits-enfants visiteront avec angoisse et incompréhension, comme celle d'Alcatraz dont j'ai fait le tour avec mon père et mon frère dans la baie de San Francisco quand j'avais dix ans et voilà, un nouveau souvenir est de retour. En 1975, la prison la plus célèbre du monde était une île entourée de requins. Depuis sa fermeture, elle se visite comme un château de la Loire. Le ciel était orange ce jour-là, comme les cellules rouillées et le Golden Gate Bridge. On y allait en ferry-boat. Forrest Mars, le propriétaire des barres chocolatées du même nom, avait organisé un voyage aux États-Unis pour mon père et ses deux fils. « The Alcatraz Tour », disait le prospectus touristique. On suivait un guide déguisé en gardien qui racontait des anecdotes horribles en montrant les barreaux épais des cellules, la cour où les détenus faisaient leur promenade, la geôle d'Al Capone, les cachots humides où l'on enfermait les récalcitrants dans l'obscurité, l'épaisseur des murs, les punitions, les tentatives d'évasion qui se terminaient en noyades ou banquets pour squales. Le soir dans notre chambre de l'hôtel Fairmont, Charles et moi avons fait des cauchemars pendant que papa ronflait dans sa chambre.

Tapez sur la tête d'un écrivain, il n'en sort rien. Enfermez-le, il recouvre la mémoire.

18

Divorce à la française

J'écris le mot « divorce » mais jamais il ne fut prononcé par mes parents avant des années. C'était comme les « événements » d'Algérie, la rhétorique de la cinquième République faisait un usage immodéré de la litote, même le cancer de Georges Pompidou était tabou. La séparation de mes parents fut cachée sous le tapis, évitée, édulcorée, oblitérée ; aux questions de ses fils, ma mère répondait « Papa est en voyage d'affaires » bien avant le film de Kusturica, et les photos du couple trônaient dans le salon du XVIᵉ arrondissement comme si rien n'avait changé. La réalité était niée, ma mère voulait nous faire croire que la vie normale suivait son cours et qu'il ne fallait surtout pas se préoccuper de la disparition quasi permanente de notre père au début des années 70. À l'époque, les magazines féminins devaient sans doute déconseiller de dire la vérité aux enfants en bas âge. Françoise Dolto n'avait pas encore publié *La Cause des enfants* : le bébé n'était pas encore une personne. Par bienveillance, ma mère prit sur elle de rester digne et silencieuse sur la question. Le divorce fut un non-sujet. Mon père se transforma en L'Homme Invisible (interprété par David McCallum dans une série télévisée de cette époque). Nous avons fini par en déduire que notre père nous avait quittés pour son bureau, qu'il travaillait jour et nuit, et voyageait toute l'année. Je ne me souviens pas de l'avenue Henri Martin, un duplex marron foncé aux murs couverts de papier japonais Nobilis, où j'ai pourtant regardé les Shadoks pomper de 1969 à 1972. Mon seul souvenir, très bizarre, est celui d'une révolte, sans doute la même année. Nos parents nous avaient emmenés mon frère et moi dans la Rover verte de mon père. La voiture roulait silencieusement sur l'autoroute. Mon père était très crispé, il pleuvait, ma mère se taisait, et l'on n'entendait que le frottement des essuie-glaces sur le pare-brise, rythmant le silence comme les balais d'un batteur de jazz. Je regardais sur la vitre latérale les gouttelettes rouler vers l'arrière comme pour fuir l'odeur écœurante des sièges en cuir beige. Cette odeur de cuir des vieilles voitures anglaises est pour toujours, dans mon esprit, associée à ces années disparues qui ont suivi le divorce parental. Chaque fois que je monte dans une voiture dont les sièges sentent la vache morte, je dois réprimer un haut-le-cœur. Mon père a fini par garer sa grosse voiture devant un grand bâtiment de briques rouges sur lequel était gravé : « Passy Buzenval » (maman trouvait que ce nom ressemblait à « Buchenwald »). Charles et moi étions terrifiés : l'endroit ressemblait vraiment à une prison. Or c'en était une : mon père avait envisagé que nous soyons inscrits dans ce pensionnat catholique de Rueil-Malmaison, non pas pour nous punir, mais peut-être pour nous éloigner de l'amant de notre mère, nous mettre au vert, nous protéger du divorce, que sais-je encore, mais à peine descendu de la bagnole, il s'est visiblement aperçu de l'absurdité de son idée. Peu de temps auparavant, ma mère avait tenté de m'inscrire chez les louveteaux et je m'étais enfui en courant. Mon père a murmuré :

— Oh, regardez... Il y a un tennis et une piscine...

C'est alors que mon frère, âgé de huit ans, a pris la parole, et dit très calmement ceci :

— Si vous nous inscrivez là, on s'enfuira la nuit, on s'évadera, on partira le premier soir, jamais nous ne dormirons dans ce lieu.

Je pense que mon père passa de la nervosité à l'émotion. Aujourd'hui, je sais qu'il devait revoir sa propre enfance cauchemardesque d'interne à l'abbaye de Sorèze. Mes parents écourtèrent la visite guidée de l'école. Des pensionnaires s'étaient attroupés autour de la Rover ; ils se sont écartés pour nous laisser repartir. La voiture du retour était moins silencieuse qu'à l'aller, et plus gaie : nous avons tous éclaté de rire en entendant la météo d'Albert Simon sur « Europe Numéro Un ». Sa voix aiguë et chevrotante roulait les « r » : « le temps sela valiable sul la côte méditelanéenne » puis papa a enfoncé dans son tableau de bord la cartouche

8 pistes de *Rubber Soul*, le meilleur album des Beatles, qui venaient eux aussi de se séparer, et nous avons chanté « Baby you can drive my car, and Baby I love you, beep beep yeah » en dodelinant de la tête comme la famille unie que nous n'étions plus. Nous l'avions échappé belle. Maman déménagea dans le VIe arrondissement et nous inscrivit à l'école Bossuet. Ce jour-là, la chaîne de transmission du malheur familial s'est enrayée, grâce à la rébellion de Charles, mon sauveur.

Je sais aussi, parce que ma mère me l'a raconté, que je me suis mis à saigner du nez au moment de la séparation de mes parents. J'avais contracté une maladie sans gravité appelée « épistaxis » : les vaisseaux sanguins de mes narines étaient très fragiles, à la limite de l'hémophilie. Toutes mes chemises étaient tachées de sang, une fontaine rouge coulait quotidiennement de mon visage, j'avalais beaucoup d'hémoglobine, j'en vomissais aussi, c'était assez spectaculaire car, à force de saigner du nez, j'étais très pâle. Ma fille Chloë a peur du sang, je n'ose pas lui raconter que j'ai grandi ensanglanté, dans des pyjamas maculés de rouge, et que souvent je me suis réveillé dans la moiteur gluante d'un oreiller entièrement sanguinolent. Vampire de moi-même, je m'étais habitué au goût salé qui coulait quotidiennement dans ma gorge. J'avalais des litres d'un liquide rouge qui n'était pas du vin. J'avais mis au point une technique infaillible pour arrêter mes saignements (pincer la narine cinq minutes sans baisser la tête en attendant de coaguler) ou les déclencher (d'un coup sec sur l'arête nasale, ou en grattant la croûte dans la narine avec un ongle), et le sang tombait alors par grosses flaques sur le sol de la cuisine ou dans le lavabo de ma salle de bains, soleils rouges sur la faïence, « ceci est mon sang versé pour vous ». Au bout de huit jours de saignements fréquents, peut-être provoqués par jeu, caprice ou besoin d'attirer l'attention, ma mère, terriblement culpabilisée par la procédure de divorce en cours, m'emmena sous une pluie battante à l'Hôpital des Enfants Malades, voir un grand médecin spécialisé en pédiatrie : le professeur Vialatte. Ce grand ponte l'effraya en évoquant un début d'anémie et refusa d'exclure de son diagnostic l'éventualité d'une leucémie, avant de recommander mon repos complet au bord de la mer.

D'où mon premier souvenir : Guéthary 1972 est devenu ma pierre de Rosette, ma Terre promise, mon Neverland, le code secret de mon enfance, mon Atlantide, comme une lueur venue du fond des âges, à la façon de certaines étoiles mortes depuis des millénaires qui continuent de scintiller, nous donnant des nouvelles des confins de l'univers, et de l'autre bout du temps.

À Guéthary, en 1972, j'étais encore intact. Si ce texte était un DVD, ici j'appuierais sur « pause » pour figer cette image à tout jamais. Mon Utopie est derrière moi.

19

Les « non-A » de Van Vogt
et le « A » de Fred

Mon enfance est à réinventer : l'enfance est un roman.

La France étant une nation amnésique, mon absence de mémoire est la preuve irréfutable de ma nationalité.

L'amnésie est un mensonge par omission. Le temps est une caméra, le temps fait défiler des photographies. Le seul moyen de savoir ce qui s'est passé dans ma vie entre le 21 septembre 1965 et le 21 septembre 1980, c'est de l'inventer. Il est possible que j'aie cru être amnésique alors que j'étais juste un paresseux sans imagination. Nabokov et Borges disent, à peu de chose près, la même chose : l'imagination est une forme de la mémoire.

Quand je sortirai, je feuilletterai les albums de photos de ma mère, comme Annie Ernaux dans *Les*

Années. Ces images jaunies prouvent que ma vie a tout de même commencé quelque part. Sur une photographie prise dans le jardin de la Villa Patra-kénéa de Guéthary, mon frère et moi sommes vêtus à l'identique : cols roulés rayés bleus et blancs à boutons dans le cou, bermudas gris, Kickers aux pieds, achetées chez Western House rue des Canettes. Quand on passe toute son enfance habillé avec les mêmes vêtements que son frère, on passe ensuite tout son âge adulte à tenter de s'en différencier. J'ai eu la raie sur le côté comme les jeunes guitaristes des groupes de rock français d'aujourd'hui. Ma mèche blonde avait trente ans d'avance. J'ai acheté des Malabars jaunes à dix centimes l'unité au kiosque de la grande plage et léché mon bras pour me tatouer leurs décalcomanies sur le poignet. J'ai été ce petit garçon parfumé à l'eau de Cologne Bien-Être, en culotte bavaroise, décoiffé dans le jardin de la Villa Navarre ou du château de Vaugoubert, à Quinsac. En jean New Man de velours côtelé rouge vif, j'ai grimpé entre les hêtres en pente de la forêt d'Iraty, roulé dans des vallées moelleuses assorties à mes yeux et vomi mes macarons de chez Adam et le chocolat chaud de chez Dodin dans l'Aston Martin qui nous y emmenait. Les 4 × 4 n'existaient pas encore, à chaque virage les enfants étaient ballottés à l'arrière de la nouvelle voiture paternelle. Je me suis trempé dans l'eau froide d'une rivière, sous les pins géants, dans un air saturé de résine. J'ai posé avec mon frère devant un troupeau de brebis qui sentaient l'odeur de leur prochain fromage. Un rideau de pluie vernissait les pâturages, le ciel nuageux était un édredon somnifère, le temps était long, les enfants détestent les promenades, je crois que nous étions maussades comme nos bottes en caoutchouc boueuses, et des pottoks paissaient sur les versants herbeux de la venta de Zugarramurdi. À l'église de Guéthary, tous les dimanches d'été, ivre d'encens, j'ai chanté des cantiques en basque : « Jainkoaren bildotcha zukenzen duzu mundunko bekatua emaguzu bakea » (« Agneau de Dieu qui enlèves le péché du monde, prends pitié de nous »). Pardon à mes amis basques si l'orthographe est approximative… Enfermé dans ma geôle, je ne puis vérifier dans un missel, je cite de mémoire, pour une fois que je me souviens de quelque chose. J'ai glissé sur le plongeoir de la piscine de l'Hôtel du Palais à Biarritz : quand il a fallu recoudre la plaie ouverte sans anesthésie, ma mère affirme que je fus stoïque. Je suis fier de mon courage enfantin, une cicatrice sous mon menton peut l'attester. J'ai possédé un mange-disque en plastique orange dans lequel j'introduisais des 45 tours du groupe Il était une fois, de Joe Dassin, Nino Ferrer ou Mike Brant. La chanteuse d'Il était une fois est morte d'une overdose, Joe Dassin également, et Mike Brant et Nino Ferrer se sont suicidés. Très tôt, on peut donc dire que j'avais des goûts culturels *borderline*. J'ai porté un appareil dentaire rose baveux avec des élastiques accrochés aux canines, puis des bagues en métal rivées entre elles par du fil de fer qui me cisaillait les gencives. J'ai respiré la même odeur de cire sur les vieux escaliers de Pau et de Guéthary, mais cette odeur m'emmène aussi à Sare où mon grand-père avait acheté une autre maison : je surveillais les vaches qui dorment dans les prés nuageux de la montagne espagnole, je prenais le petit train qui gravit la Rhune. Ce sont à ce jour les plus beaux paysages que je connaisse, et pourtant j'ai voyagé depuis. Les vaches étaient beiges ou noires, et toutes les nuances de vert se déclinaient sous le bleu du ciel, les taches blanches étaient des troupeaux de moutons, même en cherchant, l'œil ne trouvait nulle laideur, aux quatre points cardinaux ces collines sentaient la joie. J'ai voyagé avec mon père et mon frère, en Amérique et en Asie, aux Antilles, en Indonésie, à l'île Maurice et aux Seychelles. C'est lors de ces voyages exotiques qu'il m'est arrivé quelque chose de crucial : je me suis mis à écrire alors que je lisais à peine. Il existe des cahiers où j'ai commencé à noter toutes nos activités. Malheureusement j'ai perdu ces importantes pièces à conviction. Où est passé le cahier Clairefontaine où j'ai écrit pour la première fois... C'est à Bali qu'a débuté ma carrière d'autobiographe, en 1974. Notre père nous avait emmenés durant un mois en Indonésie : un grand et beau voyage dont je ne me souviendrais pas si je ne l'avais scrupuleusement noté dans un carnet. C'est là-bas que j'ai contracté cette habitude saugrenue : je racontais jour après jour tout ce que j'avais fait dans la journée, ce que nous mangions, les plages, les spectacles de danse folklorique en

costumes traditionnels (doigts tordus, têtes penchées, ongles longs, pieds cambrés, coiffes dorées
pointues comme les temples), les combats avec mon
frère dans la piscine, les amies successives de mon
père, Charles qui n'arrivait pas à sortir de l'eau en
ski nautique, ainsi que le tremblement de terre qui
nous a réveillés, une nuit, à l'hôtel Tandjung Sari,
et le serpent aperçu par Charles sous la mer à Kuta
Beach qui n'était en réalité que l'ombre de son tuba.
Mon père disait que la mer était infestée de « ser-
pents minute », ainsi nommés car toute personne
qui marchait dessus mourait une minute après. Il
s'étonnait ensuite de notre refus de nous baigner
ailleurs que dans la piscine ! Pourquoi, alors que je
n'en avais jamais ressenti le besoin, m'a-t-il semblé
tout d'un coup indispensable de consigner ma vie
dans des cahiers à double interligne ? Sans doute
avais-je compris alors qu'écrire permettait de se
souvenir. Minutieusement, je devins le greffier du
provisoire, l'alchimiste capable de transmuter un
mois de vacances en éternité. J'écrivais pour fixer
des moments éphémères. C'est pourquoi je
n'écrivais que lors des vacances paternelles – l'été
suivant, même impulsion lors de notre tour de
l'Amérique. Si j'ai tout oublié, c'est peut-être parce
que toute ma mémoire résidait dans ces carnets
d'enfant égarés.

Et puis est venue ma première heure de gloire :
passer à la télé chez les frères Bogdanoff. En 1979,
j'étais un blondinet avec une voix de fille qui affir-

mait, à « Temps X », en direct sur la première chaîne française, que « la science-fiction est la recherche prospective du possible ». Les jumeaux russes en combinaison spatiale fréquentaient les cocktails de mon père ; chez lui, ils me voyaient toujours plongé dans des romans de space-opera ou dévorant le mensuel de BD cyberpunk *Métal Hurlant*, c'est pourquoi ils m'avaient proposé de venir dans leur émission évoquer ma culture de « geek » post-atomique. Le studio de TF1, rue Cognacq-Jay, avait la forme d'une soucoupe volante en amiante. Le lundi suivant, à Bossuet, j'ai dégusté la jalousie de mes camarades de classe, ainsi que le respect du père di Falco qui dirigeait l'école. En un passage télé, j'étais devenu le chouchou du dirlo, qui m'offrit un 45 tours dont il avait composé les paroles : « Dis, Père Noël, est-ce que tu existes ? »

Je m'étais mis à la science-fiction grâce à Gallimard qui avait lancé une collection de livres pour enfants intitulée « 1 000 Soleils », laquelle rééditait Ray Bradbury : *Les Chroniques martiennes* et *Fahrenheit 451*, ainsi que *L'Étrange Cas du Docteur Jekyll et de Mister Hyde* de Robert Louis Stevenson. Cela me changeait des « signes de piste » ! Il y avait aussi les classiques de H.G. Wells : *La Guerre des mondes, L'Homme invisible* et *La Machine à explorer le temps*... Je remonte à bord en ce moment même. Les couvertures étaient dessinées par Enki Bilal. Ensuite, mon père m'a conseillé de lire *La Nuit des temps* de Barjavel, qui fut un grand choc érotique. Eléa, la blonde congelée découverte dans les glaces du pôle Sud fut longtemps mon idéal féminin ; rien ne m'excite davantage que de tenter de réchauffer une blonde frigide. J'ai dévoré tout Barjavel : *Ravage*, *Le Voyageur imprudent* – encore un grand roman sur le voyage dans le temps, qui était déjà mon obsession. Je ne lisais que de la science-fiction : je collectionnais les « Présence du Futur », avalais la saga des Robots d'Asimov en J'ai Lu, et surtout celle des « Non-A » d'A.E. Van Vogt (même éditeur), que mon frère avait défrichée avant moi. Charles aussi aimait la science-fiction, il collectionnait les bédés futuristes par fascination pour l'astronomie, les galaxies, les planètes lointaines : Valérian, Yoko Tsuno, Blake et Mortimer... Peut-être lui aussi voulait-il s'échapper ? Je m'identifiais énormément aux « Non-A », les « non-aristotéli-ciens », un roman de 1948 traduit par Boris Vian. Le principe est simple : le héros, Gilbert Gosseyn, s'aperçoit qu'il n'habite pas son village, n'est pas marié à sa femme, que sa mémoire est factice, qu'il n'est pas celui qu'il croyait être. L'idée a été plagiée souvent depuis (récemment par *Matrix*, *Harry Potter* et *Le Monde de Narnia*). C'est un grand fantasme pour un enfant : croire que sa vie n'est pas la vraie, que ses parents ne sont pas ses parents, que son grand frère est en réalité un extraterrestre, que ses vrais profs sont ailleurs, que les apparences mentent, que nos sens ne prouvent rien. Je comprends seulement maintenant à quel point ces lectures me

servaient de refuge. J'ai rêvé toute mon enfance
n'être qu'un hologramme comme ceux que j'avais
vus à Disneyland, dans la Maison hantée, lors du
voyage en Californie avec mon père en 1975. Ma
bande dessinée préférée était Philémon, de Fred.
J'en possédais tous les tomes, que je connaissais par
cœur. Elle racontait l'histoire d'un petit garçon qui
vivait sur le « A » de l'Océan Atlantique. Les lettres
figurant sur les atlas géographiques existaient dans
une autre dimension, c'étaient des îles en forme de
lettres ; son père était incrédule, il ne le croyait jamais
quand Philémon lui racontait ses voyages sur les
lettres de « O.C.É.A.N. A.T.L.A.N.T.I.Q.U.E. ». Je
crois que beaucoup d'enfants de divorcés dévelop-
pent cette attirance pour l'illusion, proche de la schi-
zophrénie. Ils espèrent un univers parallèle plus
accueillant que celui-ci. Ou bien ils se doutent,
inconsciemment, qu'on ne leur a pas dit toute la
vérité. Si j'ai perdu la mémoire à l'âge adulte, c'est
peut-être que déjà, très jeune, je n'avais plus
confiance en la réalité. C'est la faute aux « non-A »
de Van Vogt et au « A » de Fred. J'ai rencontré Fred
l'an dernier, à l'enterrement de Gérard Lauzier à
Saint-Germain-des-Prés. Je suis heureux d'avoir pu
lui dire en face qu'il était à mes yeux l'équivalent
français de Lewis Carroll.

La science-fiction m'a entraîné vers le polar, les
intrigues étant souvent les mêmes : enquêtes, pour-
suites, quêtes d'identité, rédemptions… Remplacez

les combinaisons spatiales par des imperméables gris et le soma de Huxley par le Jack Daniel's : vous venez de transformer la S-F en roman noir. J'avais une préférence pour James Hadley Chase, même si les couvertures de SAS m'intéressaient pour d'autres raisons ! L'auteur le plus drôle était Carter Brown : l'écriture simple, les dialogues rapides, les descriptions concises et les mots grossiers. Un jour que mon oncle Denis Manuel me voyait lire Carter Brown, il me donna, un verre de scotch à la main, le conseil qui allait révolutionner ma vie : « Lis San-Antonio, moi je ne lis rien d'autre, tout le reste m'emmerde. Arrête de lire des traductions, lis un mec qui parle ta langue : l'histoire on s'en fout, c'est l'auteur qui compte. » Je respectais beaucoup Denis, que je considérais comme l'homme le plus « smart » de ma famille, avec son humour pince-sans-rire, ses cigares et son dos voûté copié sur JFK. Charles Beigbeder Senior croyait en la littérature mais n'avait pas vécu assez longtemps pour me transmettre sa passion ; quant à mon père, il s'interdisait de lire des romans contemporains : pour lui, la littérature s'arrêtait à Dickens et Roger Martin du Gard. Il plaçait la barre trop haut, s'en interdisait l'accès ou le désir. Le déclic est venu du premier mari de ma tante et marraine, Nathalie de Chasteigner. Je me précipitai à la maison de la presse de Guéthary, et sur un tourniquet, trouvai *Baise-ball à La Baule*. Quel feu d'artifice ! Les digressions libres, les calembours pourris, les apartés à Jean d'Ormesson, Robert Hossein ou François Mitterrand, le délire verbal de Bérurier, les personnages désopilants, obscènes, iconoclastes, tout était rocambolesque mais sonnait vrai, juste, humain. Denis avait raison : dans un roman, l'histoire est un prétexte, un canevas ; l'important c'est l'homme qu'on sent derrière, la personne qui nous parle. À ce jour je n'ai pas trouvé de meilleure définition de ce qu'apporte la littérature : entendre une voix humaine. Raconter une aventure n'est pas le but, les personnages aident à écouter quelqu'un d'autre, qui est peut-être mon frère, mon prochain, mon ami, mon ancêtre, mon double. En 1979, San-Antonio m'a mené à Blondin, puis Blondin m'a conduit à Céline, et Céline à Rabelais, donc à tout l'univers. Un monde s'ouvrait, une galaxie parallèle, accessible de ma chambre. Vous rendez-vous compte par quel hasardeux détour je suis devenu un lecteur de la droite littéraire, comme mon grand-père, sans en avoir parlé avec lui ? Simplement parce que les livres de ces auteurs étaient plus drôles que ceux de Sartre et Camus (ce qui, au passage, est faux : voir *Les Mots* et *La Chute*). Je regrette que Denis Manuel soit mort à 45 ans d'un cancer du poumon ; je n'ai pas eu le temps de le remercier d'avoir changé ma vie. Toutes mes angoisses sont de sa faute aussi : il m'a inoculé un virus dont on ne guérit jamais. Le bonheur d'être coupé du monde, voilà ma première addiction. Arrêter de lire des romans exige beaucoup de force. Il faut avoir envie de vivre, courir, grandir.

J'étais drogué avant même que d'avoir le droit de sortir le soir. Je m'intéressais davantage aux livres qu'à la vie.

Depuis je n'ai cessé d'utiliser la lecture comme un moyen de faire disparaître le temps, et l'écriture comme un moyen de le retenir.

20

Madame Ratel peint

L'une des principales pièces à conviction de mon enfance est évidemment mon portrait à l'âge de neuf ans par Madame Ratel. En 1974, mon père lui commanda une aquarelle de chacun de ses deux fils. Puisqu'il nous voyait moins souvent, c'était le moyen qu'il avait trouvé pour continuer de nous avoir un peu sous ses yeux. Plusieurs jeudis après-midi, ma mère nous a donc conduits en voiture chez Nicole Ratel, rue Jean-Mermoz, pour poser devant son chevalet et ses pinceaux, assis sur des tabourets, dans un grand appartement sombre et décoré de toiles d'araignées. Elle nous servait des biscuits mous dans une boîte carrée en fer-blanc et du coca sans bulles. Les séances de pose étaient longues et pénibles ; elle commença par des esquisses crayonnées, puis ajouta les couleurs petit à petit, et son verre d'eau progressivement devenait marron comme du café froid. Il fallait se tenir droit et l'on ne pouvait pas jouer, ni sortir de la pièce, on devait se laisser immortaliser par l'artiste et n'étant pas

aussi narcissique qu'aujourd'hui, je dois admettre
que je me suis rarement autant emmerdé que sur
ce tabouret. Je ne me souviens pas précisément du
visage de Madame Ratel, mais j'en garde un souvenir ridé, triste, avec un chignon gris comme la mère
de Norman Bates dans *Psychose*. Ma mémoire en a
fait un croisement de spectre et de sorcière. L'aquarelle de mon visage à neuf ans est reproduite en
couverture de ce livre : j'ai aussi été ce petit angelot
innocent. Mon nez et mon menton n'avaient pas
encore bosselé mon visage, je n'avais pas encore les
cernes qui creusent désormais mes yeux, ni la barbe
pour cacher mon goitre de pélican. La seule chose
qui n'a pas changé, ce sont mes yeux, et encore,
mon regard est aujourd'hui moins franc que sur ce
tableau qui trône à présent dans l'escalier de ma
petite maison parisienne. Parfois il me regarde,
quand je rentre tard, et semble me juger. Le gar-
çonnet angélique contemple sa propre déchéance
avec effarement. Il m'arrive, lorsque je suis vraiment
aviné, d'insulter le petit garçon sage qui plastronne
sur mon mur, fier de son âge, méprisant ce que j'ai
fait de son avenir :

— Eh oh crétin des Pyrénées ! Arrête de me
dévisager de la sorte ! Tu n'as pas encore dix ans,
tu vis dans un petit appart' avec ta mère divorcée,
tu es en classe de huitième chez les prêtres, tu dors
dans la même chambre que ton frangin, tu collec-
tionnes les gadgets de *Pif*, tu devrais être fier de
l'homme que tu es devenu ! J'ai réalisé tous tes

rêves, te voilà écrivain, petit morveux, tu pourrais m'admirer au lieu de prendre cet air de reproche !

Pas de réponse : les aquarelles ont le mutisme arrogant.

— Putain mais tu te prends pour qui ?

— Pour toi.

— Et je te déçois tant que ça ?

— Ça m'embête juste de savoir que dans trente ans j'aurai une haleine de clodo et que je parlerai à un tableau.

— Mais arrête de me juger aussi ! Tu veux quoi de plus, bordel ? Qu'est-ce qu'il te faut ? Je SUIS TOI EN PLUS VIEUX, c'est tout ! On est le même homme, merde !

— Tu veux dire le même enfant ?

Le petit garçon ne cille pas. J'ai dû entendre ma propre voix, faire les questions et les réponses, dans l'état où je suis tout s'emmêle. Mon passé me regarde en face avec commisération. Je m'assieds sur les marches de l'escalier. Le portrait de Madame Ratel garde son silence consterné, sa fraîcheur éprise d'absolu ; il est l'antiportrait de Dorian Gray, toujours impeccable, immaculé, éternel témoin de ma décrépitude, et je trébuche devant lui, c'est moi qui vieillis, qui grimace, qui fait peur, et je fonce dans la cuisine me servir un verre, et je lève mon poing vers ce gamin trop joli que j'étais, et dont je ne me souviens pas, et qui ne changera jamais.

Quelques semaines après avoir peint ce tableau, Madame Ratel annonça à son mari qu'elle aimait un autre homme et lui demanda le divorce. Son époux était moins « relax » que mon père : cet ancien officier qui était directeur du personnel chez Péchiney à Lacq, rentra à Paris en voiture, prit son fusil de chasse et lui tira une balle dans la tête à bout portant avant de retourner l'arme dans sa bouche. C'est leur fils, Stéphane, qui a découvert le massacre en rentrant chez lui. Je pense à cet homme qui doit avoir à peu près mon âge aujourd'hui. Quand je suis tenté de me plaindre de mon enfance, il me suffit de la comparer à la sienne pour me sentir ridicule.

C'est peut-être pour cela que je n'ose pas décrire mon enfance : la dernière personne qui a peint mon portrait est morte assassinée.

21

Doigt oublié

Un soir, je suis sorti du Polo pour ramasser une balle de tennis que j'avais envoyée par-dessus le grillage. Je portais un short et un polo blanc, et je tenais ma raquette à la main. Tout d'un coup, un jeune homme adossé à un arbre m'a adressé la parole :

— Eh petit, viens voir ma poupée, elle est belle pas vrai ?

Le type a ouvert son manteau noir et, baissant les yeux, j'ai vu une sorte de gros doigt mou et rose entre ses jambes, flanqué de deux vieux pruneaux mauves qui pendaient.

— Elle te plaît hein ? Tu l'as vue ? Regarde-la bien…

Sur le coup, je n'ai pas bronché, j'ai ramassé ma balle et j'ai fait demi-tour en accélérant le pas. Je pense que ma raquette Donnay m'a sauvé ; le type ne m'a pas approché car il a cru que je pouvais lui décocher un revers lifté sur la braguette – alors que j'étais paralysé par la trouille. J'ai repris mon cours de tennis comme si rien ne s'était produit. Jusqu'à aujourd'hui je n'ai parlé à personne de cette rencontre. Ce n'est que quelques minutes plus tard que mes jambes se sont mises à flageoler : j'avais un peu de mal à monter au filet. J'avais dix ans, mais ce n'était pourtant pas la première bite d'inconnu que je voyais. Dans les vestiaires du Polo, les adultes se baladent à poil devant les enfants, on voyait des sexes de toutes les tailles et couleurs, sortant des douches ou y entrant, par exemple je puis affirmer que Jean-Luc Lagardère était très bien pourvu – d'autres sexes, plus courts mais tout aussi célèbres, se recroquevillaient dans ce vestiaire, dont je ne nommerai pas les propriétaires par charité chrétienne. Cela ne me choquait pas ; si tous les vestiaires d'hommes devaient traumatiser les enfants, il faudrait abolir le sport, ou la propreté. L'exhibitionniste de Bagatelle était différent : c'est le premier adulte qui ne souhaitait pas me protéger. Montrer sa queue est sans doute une forme d'agression, certes moins grave que de s'en servir ; à présent cet épisode ne me fait ni chaud ni froid, mais il est vrai que c'est arrivé. Il est étrange que ce souvenir oublié ressurgisse ainsi, au milieu de ma récapitulation, peut-être parce que la police m'a ordonné, à mon tour, de baisser mon pantalon ?

À propos d'amnésie, un film évoque la question d'une façon originale, c'est *Men in Black* de Barry Sonnenfeld (1997). Dans ce film de science-fiction, deux agents très spéciaux « flashent » les citoyens pour leur faire oublier les extraterrestres. Après chaque mission, ils dégainent un tube chromé, le neuralyzer, qui éblouit les yeux de tous les témoins, afin que ceux-ci perdent la mémoire. Je me demande si l'amnésie dont je suis victime n'a pas la même origine : j'ai vu un alien que je devais oublier et pour effacer cette créature, j'ai dû « flasher » tout le reste. C'est d'autant plus bizarre qu'en anglais le verbe « to flash » signifie s'exhiber. Le passé est composé de strates successives, notre mémoire est un mille-feuille… Ma psy estime que ce souvenir est important, moi pas, je le trouve juste banal et répugnant ; je le consigne ici comme les autres, par ordre d'apparition. Ce faisant, j'ai conscience de me rendre coupable du même acte que le « flasher » de Bagatelle, le « Man in Black » qui a peut-être effacé dix ans de ma vie. J'exhibe mon amnésie.

22

Retour à Guéthary

Quitte à dilater le temps, autant s'installer confortablement en bord de mer comme dans un fauteuil. Du fond de ma cellule étroite, je reviens sur la plage de Cénitz. Cet après-midi-là, où je fus seul avec mon grand-père, à l'âge de sept ans, c'est l'œil de mon cyclone. Mes parents étaient débordés, trop jeunes, trop occupés à s'aimer, se désaimer, réussir ou rater leur vie. Seuls les grands-parents peuvent s'offrir le luxe de s'occuper d'autres qu'eux-mêmes. La falaise couverte de prairie descendait vers la mer. L'antenne de télévision de la Rhune servait de paratonnerre à toute la côte. La campagne ondulait sous un ciel doré à la Turner. Dans le sable, je ramassais les morceaux de bouteille que le roulis avait transformés en cailloux verts transparents. Ma tante Delphine les collectionnait dans un vase : ma récolte irait enrichir son trésor. À marée basse, Cénitz est une plage de rochers où les mouettes et les « estivants » se posaient, et se posent encore. Les rochers sont lisses au bord du sable, puis, plus loin, en allant vers la mer, ils piquent la plante des pieds et leur surface recouverte d'algues glissantes en fait de dangereuses patinoires. Il faut alors enfiler ses espadrilles mouillées. Sur ces roches biseautées se sont écorchés beaucoup de genoux. La pêche à la crevette est une forme de tauromachie microscopique : les crevettes dansent autour de l'épuisette. Combien de pieds entamés, de coccyx fêlés pour capturer quelques petites bestioles vite épluchées par la famille avant le dîner comme des pistaches maritimes ? Sans compter le goudron qui colle aux orteils, toujours apporté là par quelque marée noire espagnole. En 1972, les Espagnols n'étaient pas encore modernes et « almodovarisés » comme aujourd'hui ; ils étaient généralement considérés comme des femmes de ménage à accent, des concierges moustachues et d'infects pollueurs de nos rivages immaculés. Ma fille, mon petit amour, je t'emmènerai à Cénitz quand je sortirai d'ici. Il ne faut pas que je pense trop à toi, ni à Priscilla, mon amour probablement mort d'inquiétude. C'est trop douloureux. Je donnerais cher pour un Xanax 50. Les murs se rapprochent. Je commence à avoir peur d'une condamnation à de la prison ferme, le code pénal prévoyant jusqu'à un an d'emprisonnement pour le simple usage de stupéfiants. J'ai refusé d'appeler un avocat parce que je pensais que ma garde à vue s'arrêterait au lever du jour. Naïvement je me croyais à l'abri alors que je ne suis qu'un jouet entre les mains de fonctionnaires déshumanisés par le principe de la taylorisation – le flic qui t'enferme n'est pas celui qui t'a arrêté, et le juge qui te condamne ne connaît pas le flic qui t'a enfermé, et si tu cries que tu es innocent, tu dis la même chose que tous les autres détenus, et c'est un quatrième fonctionnaire qui hochera la tête gentiment en tamponnant ta fiche anthropomé-trique.

23

La rue Maître-Albert

Quand mon père redevint célibataire, il s'installa dans un duplex à poutres et moquette blanche à poils longs du Ve arrondissement. Mon frère et moi avions chacun notre chambre à l'étage, mais nous n'y passions qu'un week-end par mois, en moyenne. À l'époque, mon père était âgé de 35 ans : huit de moins que moi quand j'écris ceci. Qui serais-je pour juger aujourd'hui la trentaine turbulente de mon père du haut de ma quarantaine en état d'arrestation ? Dans mon esprit, il se transforme complètement à partir de son divorce : le manager affairé ne ressemble plus du tout à l'étudiant féru de philosophie antique, mal à l'aise sur les photos de son mariage. Il dirige un cabinet américain de « head-hunters » (mon père est l'un des importateurs en France du métier de « chasseur de têtes »), il fait le tour du monde quatre fois par an, il devient un jet-setter en costume-cravate Ted Lapidus, sûr de lui, comme peut-être ne le sont que les hommes malheureux. Il choisit de bomber le torse en adhérant au monde capitaliste ; il s'est résigné à être *successful*. Riche, beau et seul, il recevait souvent des amis chez lui pour des cocktails. Ce mot condense à lui seul mon enfance, j'ai l'impression d'avoir passé toutes les années 70 dans des cocktails. Sur les tables basses traînaient des journaux remplis de femmes nues : *Absolu, Look, Lui* (« le magazine de l'homme moderne »), entre deux numéros de *L'Expansion* ou du magazine *Fortune*. Mon père était un homme d'affaires avec attaché-case, Aston Martin DB6 et cigares cubains, ce qui ne l'empêchait pas de garder sur toutes choses une dérision cultivée, une distance ironique, une érudition humoristique, un sens du ridicule impitoyable. Sénèque et *Les Thibault* dormaient sur sa table de chevet, sous des boîtes d'allumettes de l'Oriental à Bangkok, du Hilton de Singapour ou du Sheraton de Sydney. Rue Maître-Albert défilait une faune gaie et insouciante ; c'était avant le premier choc pétrolier. Cette génération vivait l'âge d'or du matérialisme, le monde était moins dangereux que maintenant, ce rêve dura une trentaine d'années. Sur la console de l'entrée, des cartes de clubs traînaient sur le marbre : Le Privé, Élysées-Matignon, Griffin's Genève, Régine's New York, Castel, Diners Club International, Maxim's Business Club, Annabel's London, L'Apocalypse… Des pièces de monnaie de tous les pays s'entassaient dans les cendriers, à côté de mobiles inutiles (les billes d'acier pendues à des fils qui rebondissaient en faisant « tac-tac ») ou de gadgets rapportés de New York (la première montre Timex à affichage en cristaux liquides rouges, le premier jeu d'échecs électronique, les premières calculatrices Texas Instruments, un téléphone pliable en plastique blanc ou, plus tard, le premier « walkman » Sony). Mon père affectionnait les gadgets, à mes yeux il était une sorte de James Bond : il ressemblait à James Coburn dans *Notre homme Flint*. Je me souviens de mon admiration quand il a eu les premières vitres à ouverture automatique dans son Aston, le premier toit ouvrant électrique (dans la voiture suivante, une Peugeot 604), le premier téléphone mobile Radiocom 2000, et le premier magnétoscope Betamax. Il collectionnait aussi les statues de Bouddha et les horloges anciennes, qui tintaient tous les quarts d'heure. Le samedi soir, des dizaines d'amis se prenaient les pieds dans ses enfants en allant chercher des bouteilles de champagne Pierre Cardin ou des cartouches de cigarettes Cartier dans la cuisine. Je me souviens d'une fille très grande nommée Rose de Ganay, il y avait aussi l'actrice principale du *Genou de Claire* d'Éric Rohmer : Laurence de Monaghan (elle disait sans cesse à mon père qu'elle voulait m'adopter, et j'étais d'accord !), ainsi qu'une top model belge prénommée Chantal, qui préférait qu'on l'appelle Kim. Qui d'autre, voyons... Les jumeaux Bogdanoff, Jean-Luc Brunel de l'agence Karin Models, Emmanuel de Mandat-Grancey, qui fut récemment candidat aux municipales du VIᵉ arrondissement sous l'étiquette « divers droite », le prince Jean Poniatowski (alors directeur du magazine *Vogue*), le tailleur Michel Barnes, Bertrand Maingard de l'agence d'hôtesses Top Étoile, le galeriste Bob Benamou, le patron du *Revenu français* Robert Monteux et l'ex-épouse de l'empereur d'Indonésie : Dewi Soekarno – je me souviens d'avoir écouté chez mon père des 45 tours de chez Champs Disques avec sa fille Karina, qui avait acheté presque tout le magasin. L'appartement paternel accueillait un mélange de mannequins fumant des menthols et de joyeux copains jouant au backgammon, dont certains n'avaient pas de nom mais étaient définis par des détails vestimentaires : « le blond avec un chapeau et une boucle d'oreille » était un type qui roulait en Rolls car il avait fait fortune dans les boutiques de gadgets situées devant les grands magasins, « le vieux au Perfecto » était un mec aux cheveux blancs toujours accompagné de jeunes étudiantes en art dramatique... Ces gens ne savaient pas qu'ils étaient adeptes d'une foi. C'est aujourd'hui ce qui me semble le plus démodé chez eux : leur optimisme. Les adultes parlaient souvent d'un certain « JJSS » qui incarnait le progrès, ou de Jean Lecanuet, le « Kennedy français ». Ils prenaient des avions de la compagnie Pan Am – des trousses de toilette ainsi siglées traînaient dans la salle de bains de mon père. Encore aujourd'hui je n'aime pas les gens qui se moquent des coupes de cheveux ridicules des années 70, des costumes Renoma en tweed marron à larges revers, des cravates à gros nœuds, des bottines fines en chevreau et des hommes en canadienne parfumés à l'after-shave « Moustache » de

Rochas, j'ai toujours l'impression qu'ils se moquent de mon enfance. Je faisais circuler un bol d'Apéricubes. Les filles réclamaient de la bossa nova. Je mettais un 33 tours que mon père venait de rapporter de New York : la bande originale de *Jonathan Livingstone le Goéland* par Neil Diamond. Rien à voir avec une bossa nova mais les mannequins adoraient (et adorent encore) cette musique mièvre, c'est un tuyau que je vous donne, ou alors *Year of the Cat* d'Al Stewart, succès garanti, là elles se mettaient à battre des mains et s'écriaient « waow ». J'étais à l'aise avec ces déesses plus âgées, j'aurais tant voulu que les belles filles de ma classe de sixième à Montaigne me voient aussi bien entouré ! Mon père râlait parce que ses amis écrasaient leurs clopes sur la moquette. Il me demandait sans cesse d'aller chercher des cendriers dans la cuisine. Ses invités ne le respectaient pas, certains ne savaient même pas chez qui ils étaient, les filles étaient rabattues çà et là par de faux photographes, la plupart ne parlaient même pas français. Souvent je me sentais de trop, je dérangeais les conversations des adultes, des nanas étouffaient leurs rires quand j'entrais dans le salon, battaient des mains pour faire disparaître la fumée sucrée des « Beedies » ou des joints, des messieurs baissaient la voix ou s'excusaient d'avoir dit « salope » ou « bordel », « tu crois qu'il a entendu ? », « chut ! c'est le fils de Jean-Michel... », « oups ! tu ne le répéteras pas à papa, promis ? », « your Daddy is so crazy, Freddy ! » et mon père finissait toujours par regarder sa montre avant de poser la question fatidique : « Dis donc, tu ne devrais pas être couché à cette heure-là ? » C'est une des phrases que j'ai entendues le plus souvent dans ma vie. Si je reste souvent éveillé la nuit, c'est peut-être par esprit de contradiction.

L'ambiance indisciplinée chez mon père, avec en fond sonore les gémissements de Jose Feliciano – le Ray Charles portoricain – et les rires haut perchés de femmes étrangères, l'odeur de whisky tourbé se mêlant à la fumée du feu de bois crépitant dans la cheminée, les klaxons provenant des fenêtres ouvertes sur la rue, un brouhaha permanent, des bols de noix de cajou, les cendriers pleins avec parfois une gélule d'amphétamine coupe-faim perdue entre les mégots, cette fête « moderne » contrastait avec la rigueur de la semaine chez ma mère, qui écoutait les chansons cafardeuses de Barbara, Serge Reggiani ou Georges Moustaki, respectait des horaires d'école stricts, dans la monotonie des journées d'hiver, l'ami Ricoré le matin, les cartables pesants qui sciaient nos frêles épaules, la cantine dégueulasse avec ingestion quotidienne de céleri rémoulade et de macédoines de légumes, et le visage triste de Roger Gicquel tous les soirs sur l'écran de la télé couleur louée chez Locatel, après le dîner dans la cuisine – escalopes à la crème, spaghettis, yaourts viennois de la marque Chambourcy – et l'on devait toujours se coucher tôt puisque le lendemain était identique. Mon propre divorce reproduit sans doute le même schéma aux yeux de ma fille : elle vit chez une maman présente, aimante, responsable, et passe un week-end sur deux chez un père fuyant, séducteur et irresponsable. Lequel l'amuse davantage ? Il est tellement facile d'avoir le beau rôle. Avoir la garde de l'enfant vous amoindrit à ses yeux : vous devenez quotidien. L'enfant est un ingrat. Si vous voulez attirer l'attention de quelqu'un, il faut le quitter.

24

Les cassettes audio

Lors des week-ends chez mon père, je me suis mis à enregistrer des cassettes. Je faisais des compilations de mes chansons préférées pour qu'il les écoute dans sa voiture, sur la route de l'aéroport. C'était devenu ma principale occupation : mettre un 33 tours sur la platine, régler les niveaux d'enregistrement pour que les diodes ne montent pas trop dans le rouge, ou que l'aiguille du vumètre ne se coince pas sur la droite dans l'ampli de sa chaîne haute-fidélité. J'enregistrais toutes les chansons sur cassettes audio BASF ou Maxell Chrome ; aujourd'hui je programme encore des playlists sur son iPod. Le temps que j'ai pu passer à regarder les lumières d'un equalizer s'allumer et s'éteindre en rythme, la bande magnétique tourner dans la platine cassette, les woofers gonfler jusqu'à réveiller les voisins… C'était aussi beau que *2001 l'odyssée de l'espace*. J'enchaînais les morceaux, créant des progressions dans le rythme, variant les émotions, alternant les styles, cherchant à le surprendre avec *Don't*

sleep in the subway de Petula Clark au milieu de
deux slows (*Could it be magic* de Barry Manilow et
Oh Lori des Alessi Brothers). Je me fournissais en
45 tours chez Raoul Vidal, place Saint-Germain-
des-Prés. Le pré-ado se crée une nouvelle famille
avec les chanteurs qu'il idolâtre, une tribu choisie
qui l'accueille : les fans de *Tommy* des Who dans
mon lycée ou les groupies de Bob Marley me semblaient plus proches de moi que mon propre frère.
Entre 1975 et 1980, j'ai eu ma période reggae, puis
punk, puis ska, puis cold wave. La musique reste
mon véhicule temporel préféré, le plus rapide
moyen de ruminer le passé : je suis convaincu
que ma collection de 45 tours grésillants contient
l'histoire dont mon cerveau m'a dépossédé. Aujour-
d'hui, lorsque je réécoute *Don't sleep in the subway*,
à l'arrivée du refrain splendide, aussi beau et surprenant que celui de *God only knows* des Beach
Boys (dont il s'inspire sans doute), je bascule dans
le temps comme l'écrit Proust : « Rien qu'un
moment du passé ? Beaucoup plus, peut-être ; quelque chose qui, commun à la fois au passé et au
présent, est beaucoup plus essentiel qu'eux deux. »
Ce quelque chose, c'est le petit garçon qui regardait
tourner les logos des 45 tours quatre titres – sur
lesquels sa mère avait parfois raturé sa signature :
« Christine Beigbeder » était redevenue « Christine
de Chasteigner ». La platine me donnait le tournis :
disc AZ, Flèche, Parlophone, Odeon, Stax, Atlan-
tic, CBS, RCA, Arista, Reprise, Columbia, Vogue,
A&M Records... La musique était devenue le seul

lien entre mes parents, ces cassettes que j'enregistrais continuaient de les réunir. J'étais hypnotisé inlassablement, des après-midi entiers, immobile et seul devant un rond de vinyle qui tourne, comme les ravers des années 90 restaient scotchés devant des vidéos fractales jusqu'à l'aube, dans un parking ou un hangar. Aujourd'hui encore, quand il m'arrive de passer des disques de vinyle dans une boîte de nuit, je suis fasciné par la sensualité de ce mouvement perpétuel qui emmène la pointe du saphir vers le centre de la machine. Les sillons concentriques avancent vers le milieu du disque comme les vaguelettes d'une marée noire sur un rivage de plastique. Les cercles qui s'enroulent autour de l'étiquette centrale évoquent les ronds que creuse un caillou jeté dans l'eau (à condition de diffuser l'image en mode « reverse » : au lieu de s'éloigner, les cercles se rapprochent du trou).

Je changeais d'avis, je faisais des brouillons de cassettes, remplaçant *Don't sleep in the subway* par *Dream a little, dream of me* des Mamas and Papas – je me rends compte seulement ici, en l'écrivant, que le choix de ce groupe n'était pas innocent. Je réenregistrais plusieurs fois sur la même bande magnétique en modifiant la pochette avec du ruban adhésif et du Tipp-Ex, la boîte se recouvrant bientôt de croûte plâtreuse et de ratures graffitées. La pointe de mon Bic s'enfonçait dans la peinture blanche comme les mains des acteurs dans le ciment de Hollywood Boulevard, devant le Grauman's Chi-

nese Theatre. Je sculptais ainsi mes premiers manus-
crits sonores. Chaque chanson effaçait les chansons
enregistrées auparavant sur la même cassette, de
même que, dans notre mémoire, chaque souvenir
écrase le précédent.

25

L'enfant révélateur

À neuf ans, ma fille passe par les mêmes étapes d'attachement musical que moi, en ce moment elle est folle de « Hannah Montana » et de « High School Musical », je l'ai aidée à coller les posters de Miley Cyrus et Zac Efron édités par Disney Channel dans sa chambre. *I just wanna be with you* est notre chanson préférée : elle pour la mélodie, moi pour les paroles.

L'être humain est un explorateur, peut-être qu'à partir d'un certain âge, il cesse de regarder devant lui, et se retourne. S'il s'est reproduit, il dispose alors d'un guide pour se revisiter.

Chloë agit sur moi comme l'*Incredible Time Machine* de Herbert George Wells. Regarder ma fille me ramène en enfance. Tout ce que Chloë vit, je le revis ; ses découvertes sont mes redécouvertes. Chaque fois que je l'emmène au Jardin d'Acclimatation, je reviens au paradis perdu, je retrouve ma trace entre la Rivière Enchantée et le Labyrinthe de Glaces (je crois que les autres attractions n'existaient pas de mon temps). Sa façon de perdre sa doudoune, son tamagotchi, ses pulls semés partout sur son passage me rappelle comment j'égarais mes affaires : cabans, blousons en jean, billes jetées comme les cailloux du Petit Poucet dans la forêt du Luxembourg. Le spectacle de Guignol n'a pas changé : aussi nul qu'à mon époque ! Les jeux de Chloë sont mes DeLorean (la voiture de *Retour vers le futur*). Ses coloriages, ses décalcomanies, ses cahiers mystérieux qu'il suffit de crayonner pour voir apparaître un dessin... moi aussi cela me paraissait miraculeux, comme les chiffres qu'il fallait relier avec un Bic pour dessiner quelque chose ou quelqu'un. L'écriture de ce livre procure la même sensation : « Relie tous les points dans l'ordre numéroté et tu verras alors apparaître... ton enfance-mystère ! » Quand elle est si heureuse d'avoir la fève en mangeant une galette des rois, ou si fière de réussir un tour de magie dont tout le monde a deviné le trucage, ou exagérément épanouie d'ouvrir chaque matin les petites fenêtres en carton d'un calendrier de l'avent, ou dégoûtée d'avoir des poux sur la tête, ou si enthousiaste de passer devant la tour Eiffel qui clignote, je sais que je suis passé par là aussi, même si ma mémoire en demeure imprécise – la tour Eiffel ne clignotait pas dans les années 70, mais cela la rendait, dans mon souvenir, bien plus impressionnante, comme un brontosaure de ferraille. Le monde n'est plus le même et cependant les étapes ne changent pas. Par exemple, malgré internet, le portable, les DVD et les 300 chaînes de télévision, l'attente de Noël n'est toujours pas noyée dans la masse des sollicitations. Un mystère demeure. Un rendez-vous fixe avec le merveilleux : mélange de naissance du Christ et de visite du Père Noël par la cheminée. Je note tout de même une grande différence entre ma fille et moi : elle a cru au Père Noël, alors que je n'ai pas le souvenir d'avoir jamais marché dans cette combine. J'ai été surpris qu'elle pleure autant quand elle a appris, à l'âge de six ans, que ses parents lui avaient menti. Elle se sentait escroquée, déçue, écœurée.

— Vous m'avez fait le même coup pour la petite souris ! Mais qu'est-ce qui vous prend de mentir tout le temps ?

Je m'en suis voulu d'avoir fait marcher Chloë. En qui peut-on avoir confiance si vos propres parents vous racontent des sornettes ? Bonne question, qui reviendra plus tard dans ce puzzle.

Grâce aux gènes de sa mère, ma fille est mille fois plus jolie que moi à son âge. Ce qu'elle tient de moi : son menton, sa maigreur, ses dents en avant (elle va devoir porter un appareil comme son père, si j'étais elle je me ferais un procès). Chloë ne rit pas quand on lui chatouille la plante des pieds ou les aisselles. La seule chatouille qui fonctionne, c'est le coup de la « petite bête qui monte, qui monte ». Ma main commence sa route au nombril et gravit vers le cou sur le bout des doigts. Quand elle s'en approche, ma fillette essaie de se débattre, colle sa tête sur son ventre, se tortille dans tous les sens, mais pas trop brutalement car elle attend ce qu'elle redoute, elle veut la torture qu'elle ne veut pas, et la petite bête formée de mes deux doigts continue de grimper vers son long cou de cygne, et va bientôt arriver sous le menton… alors là, il est impossible de ne pas fondre, son rire en cascade est mon médicament, je devrais l'enregistrer pour me le diffuser en boucle les soirs de déprime. S'il fallait définir la joie de vivre, le bonheur d'exister, ce serait cet éclat de rire, une apothéose, ma récompense bénie, un baume descendu du ciel.

La première fois qu'elle a grignoté des Chamonix à l'orange, j'ai reconnu sa sensation. Je vois bien qu'elle ne mange rien, qu'elle n'a jamais très faim. J'étais comme elle (comme j'ai changé !). Sans être anorexique, j'ai toujours mangé très peu : je me garde bien de lui raconter qu'à son âge, si l'on me forçait à finir mon assiette, je gardais la nourriture en boule dans ma joue comme un écureuil pour aller la recracher aux « petits coins », comme disait ma grand-mère. Cela fait bizarre de regarder quelqu'un suivre vos pas. Je ne suis pas si loin de toi puisque je t'ai précédée ici, et là, et là aussi, et ce que tu penses être la première à imaginer, ou ressentir pour la première fois au monde, je l'ai imaginé, ressenti avant toi, au même âge. Les balançoires où ma fille doit se lever et plier les genoux pour monter plus haut, j'ai écorché les miens au même endroit ; et moi aussi j'ai connu les tourniquets qui donnent mal au cœur, les doigts poisseux de barbe à papa, la haine des carottes râpées, les bonbons des petits kiosques du Luco, exposés dans des bocaux : pâtes à mâcher, branches de réglisse au goût d'arbre, chewing-gums en tube, coquillages, colliers de pastilles multicolores. Et le cinéma l'après-midi… Encore un souvenir de retour, comme un boomerang spatio-temporel. Dans l'Aston Martin, l'autoradio à cartouches diffusait *I'm looking through you* des Beatles : « I'm looking through you / Where did you go ? / I thought I knew you / What did I know ? »[1] Après le divorce, mon père nous emmenait, mon frère et moi, déjeuner dans un nouveau restaurant à la mode : l'Hippopotamus, avant d'aller voir des films le dimanche après-midi sans respecter les horaires des séances. C'était la mode du « cinéma permanent » sur les Grands Boulevards. On entrait dans la salle en plein milieu du film, avec la honte de faire lever toute la rangée, et l'on essayait de déchiffrer ce qui se passait sur l'écran. C'était souvent une histoire de cow-boys, le moment où le héros a reçu une flèche dans l'épaule et où il faut la lui retirer avant de cautériser la plaie avec un tison ardent – bien sûr, en guise d'anesthésie, son pote lui donne une rasade de whisky et un morceau de bois à mordre. Ou bien des films de dinosaures (*Le Sixième Continent*) ou de sous-marins anglais

---

1. Traduction : « Je vois à travers toi / Où es-tu passé ? / Je croyais te connaître / Qui connaissais-je ? »

attaqués par des torpilles allemandes. Ou *Ben-Hur*
avec Charlton Heston au Kinopanorama, avenue de
la Motte-Picquet (avec un entracte au milieu).
Comme papa ne savait pas trop comment nous parler, il avait commencé par nous emmener voir toutes
les opérettes de Francis Lopez au Châtelet (je me
souviens de *Gipsy* avec José Todaro), puis au Cirque
Amar (je croyais que ça formait un seul mot : « Cir-
camar », comme dans « Miramar »), avant de faire
de mon frère et moi des cinéphiles avertis : il y eut
la période Marx Brothers au Mac Mahon, la période
Jacques Tati au Champo, la période Mel Brooks dont
il était fan et nous aussi (*Le Shérif est en prison*,
La Dernière Folie, *Les Producteurs*, et *Frankenstein
Junior* qui me fit très peur), la période des Inspecteur
Clouseau, la période des films en « Sensurround »
avec les sièges qui tremblaient : *Tremblement de
terre*, *Avalanche*, *La Bataille de Midway*... Quand les
lumières se rallumaient, nous restions assis dans la
salle pour attendre le début du film dont on venait
de voir la fin. Généralement on projetait un dessin
animé (Tom et Jerry, Bugs Bunny ou Bip Bip et le
Coyote) suivi de publicités pour l'Aéroport de Paris
avec la chanson *I started a joke* des Bee Gees ou
Without you de Nilsson, et des spots pour des produits qui n'existent plus (les Wafers de Cadbury,
Supercarambar, Topset, Picorette, Fruité avec la
chanson : « On n'a pas le tempérament à boire du
raplapla/Fruité c'est plus musclé ») ou passés de
mode (Chocoletti, Ovomaltine, Canada Dry avec
Eliott Ness qui doit toujours relâcher Al Capone et

le slogan « ça a la couleur de l'alcool, le goût de l'alcool, mais ce n'est pas de l'alcool »…). Des vendeuses de confiseries passaient dans les travées avec un panier en osier pendu autour du cou. Mon père faisait passer un billet de cinq francs à l'effigie de Victor Hugo de mains en mains jusqu'à la dame qui, en échange, faisait circuler un paquet de Mint'ho pour lui et deux esquimaux Gervais (vanille pour moi, chocolat pour Charles). Papa disait souvent les mêmes blagues : « C'est mon avis et je le partage », par exemple. Ou bien il nous traitait de « Fils d'idiot », ce qui nous faisait beaucoup rire. Ensuite les lumières s'éteignaient et l'on pouvait enfin découvrir le début du film dont on connaissait déjà la fin. Par exemple, après avoir vu la course de chars où Ben-Hur se bat à mort contre l'ignoble Messala, on découvrait qu'ils étaient très copains au début. Vous constaterez que la construction de ce livre est fortement influencée par le « cinéma permanent » : j'ai placé la fin au début, et j'espère que ce récit se terminera par un commencement (ma libération ?).

À propos des films choisis par mon père, un traumatisme affreux me revient : un jour papa nous emmena voir *Papillon* alors que nous étions beaucoup trop jeunes pour un film sur le bagne de Cayenne. On pleurait en alternance, Charles et moi, avec nos écharpes devant les yeux. On se bouchait les oreilles en chantonnant pour ne pas entendre les cris des bagnards. On se relayait aux toilettes pour ne plus voir tout le sang, les tortures, les tentatives d'évasion atrocement punies, Dustin Hoffman dans un trou qui se nourrit de cloportes… Je n'ai jamais pu revoir ce film, même trente ans après. Il faut que j'arrête d'y penser, ou dans ma cellule je vais finir par me prendre pour Steve McQueen, manger les cafards et lécher le vomi qui sèche par terre. Curieusement (mais est-ce si surprenant), mon cerveau sélectionne beaucoup de souvenirs ayant un lien avec l'emprisonnement : la visite d'Alcatraz, la séance de *Papillon*…

26

Digression scientifique

Pour faire passer le temps, j'écoute la conversation de mes gardes. L'un d'entre eux montre à l'autre un article dans la rubrique « Sciences » du journal *Le Monde* : « Des souvenirs oubliés peuvent renaître sous l'effet de stimulations électriques du cerveau. » Apparemment, un homme traité pour obésité au moyen d'électrodes intracérébrales a revécu une scène vieille de trente ans. Cela s'est passé au Canada : le patient a retrouvé, en couleurs, le souvenir d'un épisode où il était dans un parc avec des amis. Il a reconnu sa petite amie de l'époque parmi les gens présents qu'il voyait marcher et entendait parler sans comprendre précisément ce qu'ils disaient. Lui-même observait la scène sans se voir. Il faut absolument que je me rende au Western Hospital de Toronto pour stimuler mon hypothalamus. Mais avant, il faut que je mange beaucoup pour devenir obèse. Je commence à crever de faim et à perdre la boule.

Puisque ma fille me rend la mémoire, j'en déduis qu'un enfant active une électrode intracérébrale. La regarder envoie probablement des décharges électriques dans mon cerveau. Définition possible de l'amour : un électrochoc qui ressuscite le souvenir.

27

La traversée de Paris

À 14 heures, on m'explique que le procureur ordonne mon transfert à l'Hôtel-Dieu pour faire pipi dans un verre. Grosse déception : l'inspecteur qui m'a entendu ce matin m'affirmait que je serais libéré après une nuit en taule ; il n'en est rien. Quatre policiers me passent les menottes dans le dos pour m'emmener dans un fourgon qui traverse Paris. Je cache ma tête sous ma veste, au cas où des paparazzi nous auraient suivis. Je prends la chose plutôt bien : l'excursion à l'hôpital pour effectuer des analyses d'urine m'apparaît comme une bouffée d'air frais. Enfin on me sort de ce placard répugnant où j'ai suffoqué toute la nuit… Je déchante à l'Hôtel-Dieu. Le médecin de garde est absent pour déjeuner. Je patiente avec d'autres prévenus : un junky en manque, visage grisâtre, en sueur, qui se gratte les bras frénétiquement ; un dealer qui ne cesse de clamer son innocence ; un escroc qui lui tape dans la main dès qu'on lui retire les menottes : ils se connaissent, ils ont déjà fait du placard ensemble. Finalement le médecin daigne revenir de déjeuner et un policier me tend un gobelet en plastique blanc.

— Bon bah faut uriner là-dedans.

Il m'indique la porte des toilettes. Le problème c'est que je n'ai aucune envie de pisser : je n'ai pas cessé de le faire toute la matinée. À partir du moment où j'ai compris que la seule distraction consistait à aller aux toilettes, j'en ai bien profité. Les gardiens sont obligés d'ouvrir la cellule et de vous emmener au bout du couloir, ce qui dégourdit les jambes. Et à présent, je suis incapable de fournir une goutte à la maréchaussée. Je ressors des toilettes avec mon verre vide à la main. Il y a devant moi une quinzaine de policiers en uniforme, tous consternés par cette situation : l'un des auteurs français les plus traduits dans le monde, arrêté pour avoir fait la fête, n'arrive pas à pisser dans leur gobelet. Aucun d'entre nous ne pavoise d'en être arrivé là. Je demande de l'eau, je bois trois verres et je retourne m'asseoir avec mes nouveaux potes marchands de drogue. Celui qui vient d'expliquer aux policiers qu'il n'était absolument pas dealer m'adresse la parole :

— Qu'est-ce que tu fous là toi ? Je t'ai déjà vu quelque part, tu passes à la télé, non ?

Je suis surpris de découvrir que mes cordes vocales fonctionnent encore :

— Usage de stupéfiants dans la rue.

— Shit ?

— Coke.

— Ha ha ha ! T'es un guedin, toi ! T'as tapé sur ta main ou sur une poubelle ?

— Sur un capot de bagnole.

Il est mort de rire.

— T'es mon idole, maximum respect, ma parole ! (baissant la voix) Si t'en cherches j'ai un bon plan pour toi. Tiens, je te file mon numéro.

— Euh… C'est-à-dire…

— Je t'assure, c'est la filière du XVIIIe. C'est de l'« écaille de poisson », vénézuélienne. De la végétale.

— Ah bon, maintenant même les dealers se lancent dans les produits bio ?

— Hé ouais, garantie sans OGM !

Nous rigolons ensemble. L'héroïnomane en manque esquisse un sourire. Splendide fraternisation des toxicos en garde à vue. La taule est vraiment un super club de rencontres. Enfin ma vessie se réveille. Je retourne aux cabinets, escorté par une cohorte de policiers digne d'un chef d'État. Je ressors avec un verre chaud et jaune à la main. Ensuite le médecin de garde m'examine brièvement, j'en retiens cette phrase mythique : « Votre tension est anormalement élevée mais c'est tout à fait normal avec ce que vous venez de vivre. » Je retraverse Paris en fourgon de police, menotté, ballotté, poignets endoloris. J'essaie de blaguer avec mes gardes du corps : « Descendez-moi ici, j'ai vu un joli capot de Bentley ! » Certains me demandent des autographes, d'autres m'expliquent qu'ils ont arrêté Elkabbach dans un couloir de bus et qu'il était beaucoup moins sympa que moi (il a menacé d'appeler l'Élysée !). Il est 17 heures quand les fonctionnaires referment à nouveau la porte de mon cachot au commissariat du VIIIe arrondissement. Bonne nouvelle : je retrouve le Poète ! Il a enfin dessoûlé. Il a une haleine de vodka vieille d'une nuit sans brossage de dents, odeur que nous qualifierons de : « vodkaïnée ». Il ne se souvient de rien, ni de l'arrestation, ni de notre fuite piteuse, ni de la nuit de cauchemar enfermé sous la terre. Il me raconte que la police a perquisitionné dans son appartement avec des chiens junkies. Ils n'ont rien trouvé mais les pauvres animaux en manque reniflaient la table à l'endroit où il saupoudre habituellement du produit ! Après la mémoire de l'eau, la mémoire du mobilier. Le Poète a été arrêté avec trois grammes sur lui qu'il n'a pas eu le réflexe de jeter lors de notre course-poursuite. Il craint qu'on ne le soupçonne de cession. Il risquerait alors plusieurs années de taule... Pourtant il semble moins préoccupé que moi. À vrai dire tout paraît glisser sur lui. Son pessimisme lui sert d'armure : il s'attend tellement au pire qu'il n'est jamais surpris. Moi, au contraire, j'enrage. Nous ne méritons pas pareil traitement. Cela fait bientôt 24 heures que je n'ai pas dormi. J'ai les cheveux gras, les aisselles qui puent, je me répugne. Parce qu'ils s'amusaient avec un produit illicite, on a arrêté et transféré deux écrivains français dans des cellules privées de lumière naturelle, des cages miniatures éclairées par un néon aveuglant, où il est impossible de distinguer le jour de la nuit, où l'on ne peut se reposer à cause des cris, des insultes et du manque de place, coupé du monde, avec le droit à un seul coup de fil qu'on ne peut passer soi-même : c'est finalement une femme-flic qui a appelé la mère de ma fille pour l'avertir que j'étais détenu au Sarij 8 et que je ne pourrais donc pas garder Chloë aujourd'hui mercredi. J'ai lu un reportage sur les conditions de détention des étudiants contestataires de Téhéran : les mêmes qu'à Paris 8e. La seule différence est qu'ils sont battus tous les jours avec des câbles électriques. Quand je lui dis ça, le Poète se gausse :

— Ooooh y'en a qui ont de la chance !

Son humour décadent me calme, je souris enfin.

— Oh oui ! Oh oui ! Flagellez-nous s'il vous plaît !

— Nous sommes tous des étudiants iraniens !

— Nous-sommes-toutes-des-infirmières-bulgares !

— Envoyez-nous Cécilia !

— Non : Carla !

— On-veut-Cé-Ci-Lia !

— On veut Carla ! Car-la ! Car-la !

Le commissaire débarque.

— Eh bien y a de l'ambiance ici !

— Commissaire, je suis prêt à avouer n'importe quel crime comme à Outreau, oui j'ai violé des enfants, oui je suis le Japonais qui a mangé une Hollandaise, oui, oui, oui, tout ce que vous voudrez, si je signe votre papier, je peux sortir ?

Le commissaire a l'habitude, il voit bien que derrière les blagues, je suis en train de péter un plomb.

— Prenez votre mal en patience. Lorsque le proc' aura reçu vos analyses d'urine, il vous laissera sortir. Il n'y a rien dans votre dossier.

— 24 heures de claustration pour une fiesta débile ? La société française devient folle !

— C'est la consigne en ce moment. Comme on n'arrive pas à endiguer le trafic de drogue, on s'en prend aux consommateurs. C'est la même chose que pour la prostitution, on s'attaque aux clients. S'il n'y a plus de clients, il n'y a plus de problème.

— Vous marchez sur la tête…

— C'est pareil avec la pédophilie. Comme on n'arrive pas à empêcher des détraqués de violer des enfants, on arrête les gens qui téléchargent des films pédophiles sur internet.

— Vous voyez bien que c'est profondément injuste ! Un type qui se branle en matant une vidéo, un autre qui sniffe un trait de farine, un troisième qui se tape une pute albanaise, c'est peut-être monstrueux si vous y tenez mais admettez que c'est MOINS GRAVE que le type qui a enregistré la vidéo pédophile, celui qui a importé la tonne de coco et le proxénète qui tabasse son tapin !

— Que voulez-vous : s'il n'y a plus de demande, il n'y a plus d'offre !

— Vous parlez comme un économiste ! Arrêter les dépravés, c'est le début de la dictature. Vous ne vous en rendez même pas compte mais vous cautionnez un retour à l'ordre moral complètement facho.

— Vous êtes des dommages collatéraux du système de santé français… On veut protéger la santé des citoyens parce qu'elle coûte cher à la communauté. Vous savez qu'avec la coke, passé 40 balais, vous risquez l'infarctus en permanence.

— Oh merci, depuis ce matin tôt, la police française me porte à bout de bras !

Le Poète se mit alors à réciter un texte :

— « *Un gouvernement fondé sur le principe de la bienveillance envers le peuple, semblable à celle d'un père envers ses enfants c'est-à-dire un gouvernement paternaliste, où donc les sujets, comme des enfants mineurs qui ne peuvent distinguer ce qui leur est véritablement utile ou nuisible, sont réduits au rôle simplement passif d'attendre du seul jugement du chef de l'État qu'il décide comment ils doivent être heureux, et de sa seule bonté qu'il veuille bien s'occuper de leur bonheur : un tel gouvernement est le plus grand despotisme qu'on puisse concevoir.* »

— C'est de qui ça ?

— Kant, « Sur l'expression courante : c'est bon en théorie… », 1793.

— Oscar Wilde a dit la même chose en plus court : « Il est impossible de rendre les gens bons par décret parlementaire. »

Bientôt un autre policier nous apporte une nouvelle barquette de bœuf-carottes réchauffé au micro-ondes. Ici le menu est le même tous les jours. Cela signifie qu'il est l'heure du dîner. La nuit est probablement tombée, dehors. Je refuse de toucher cette bouillie, je fais la grève de la faim. À ce moment-là, je suis encore persuadé que je vais dîner chez Lipp. Je n'ai pas encore eu affaire à Jean-Claude Marin.

Je ne peux pas écrire ici tout le bien que je pense de Jicé. Jean-Claude Marin est procureur de Paris : il faut faire super gaffe quand on écrit sur lui, c'est peut-être une des raisons pour lesquelles personne ne parle jamais de Jean-Claude Marin. Ce matin-là, le 29 janvier 2008, Jean-Claude Marin est arrivé dans son bureau. Il a suspendu son manteau à une patère, s'est assis et saisi de mon dossier. Jean-Claude Marin a demandé qu'on lui transmette toutes les affaires concernant des célébrités. Physiquement, Jean-Claude Marin ressemble à Alban Ceray (l'acteur porno) mais sa vie est moins rigolote. Jean-Claude Marin a été nommé procureur de Paris par Jacques Chirac. Depuis, Jean-Claude Marin demande des compléments d'information ou des enquêtes préliminaires, fait appel des jugements, classe les dossiers sans suite, enfin la vie habituelle de tout procureur n'est pas trépidante. Pourtant il faut savoir que Jean-Claude Marin peut détruire la vie de n'importe quel habitant de la capitale de la France. Jean-Claude Marin peut envoyer une escouade de flics sur-le-champ chez moi ou chez Grasset quand il le désire. Sur les photos, Jean-Claude Marin porte une cravate triste et une chemise rayée pour que personne ne sache qu'il est extrêmement puissant (c'est sa tenue de camouflage, à JCM). Par exemple, le 29 janvier 2008, Jean-Claude Marin reçoit mes analyses d'urine, confirmant ce que tout le monde sait déjà (ouh la la, j'ai consommé de la drogue avec un pote, la France est en danger !) et décide de me laisser croupir une nuit supplémentaire. Les policiers argumentent avec Jean-Claude Marin. Ils disent à Jean-Claude Marin que je ne suis qu'usager, que j'ai reconnu les faits et que la garde à vue n'a nul besoin d'être prolongée. Mais Jean-Claude Marin pense que mon roman *99 francs* fait l'apologie de la consommation de coke, ce qui prouve qu'il ne l'a pas lu – à cause de son addiction, Octave, le héros de ce livre, perd sa femme et son travail, puis fait une overdose et part en cure de désintoxication, avant de finir en prison pour complicité de meurtre. Cela prouve aussi que Jean-Claude Marin ne fait pas la différence entre la fiction et la réalité, entre un personnage de roman et son auteur. Ce n'est pas de sa faute : Jicé n'est pas un littéraire, c'est un juriste. Donc en cet après-midi atroce, Jean-Claude Marin veut donner une bonne leçon de claustrophobie à un « people » qui n'a pas fermé l'œil de la nuit. La première nuit a puni Frédéric, il faut désormais punir Octave. Jean-Claude Marin se prend pour mon père. Arrière, étranger ! Tu es toléré de justesse dans ce livre, intrus. Mais tu n'es pas de ma famille. Je t'informe que tu es prisonnier de ce récit, Jean-Claude Marin, à perpétuité. Moi aussi j'ai un pouvoir : je te place en détention non provisoire dans mon chapitre 27. Ah tu as voulu

jouer au Jean-Claude ? À mon tour de te faire de
la publicité. Les mots : Jean, Claude, et Marin, pour
les générations à venir, ne seront pas un prénom et
un nom oubliés, mais le symbole de la Biopolitique
Aveugle et de la Prohibition Paternaliste. Permets-
moi, c'est la moindre des politesses, mon Jean-
claude, de t'immortaliser pour les siècles des siècles,
puisque Ronsard n'a adressé aucune ode à tes
ancêtres. Merci qui ? Merci Freddy, le Comte de
Monte-Cristo du Baron !

28

Frère du précédent

Et si Freud s'était trompé ? Et si l'important n'était pas le père et la mère, mais le frère ? Il me semble que tous mes actes, depuis toujours, sont dictés par mon aîné. Je n'ai fait que l'imiter, puis m'opposer à lui, me situer par rapport à mon grand frère, me construire en le regardant. Un an et demi d'écart, ce n'était pas assez : nous étions des faux jumeaux. Le problème, c'est que Charles est imbattable, il est l'homme parfait. Il ne m'a donc laissé qu'une option : être un homme imparfait.

Qu'est-ce que c'est un petit frère : un ami ? Un ennemi ? Un ersatz de fils ? Un plagiaire ? Un esclave ? Un rival ? Un intrus ? Soi en plus jeune ? C'est ton propre sang qui t'énerve et toi que tu reconnais en un autre. Un nouveau Toi. Jean-Bertrand Pontalis a écrit un texte limpide sur la fratrie intitulé *Frère du précédent*. Telle est sans doute la meilleure définition de mon identité : j'étais le frère du précédent. Inconsciemment, il est probable que j'ai tout mis en œuvre pour que partout, désormais, quand mon aîné se présente à quelqu'un, on lui demande s'il est de ma famille. Au commencement, il y avait Charles aux yeux tellement plus bleus, Charles aux dents impeccablement blanches. J'étais le puîné leucémique, le gringalet chétif, le cadet famélique au profil de croissant de lune, au visage concave.

Il n'est pas plus facile d'être l'aîné, censé donner l'exemple. L'essuyeur de plâtres, le Roi déchu, le brouillon du deuxième, un père de substitution ? Comme Caïn avec Abel, mon frère aîné a passé son enfance à essayer de me tuer. Une fois il a bien failli réussir, lorsqu'il me poursuivait, armé d'un tournevis, à Pau, dans la salle de jeux au sous-sol de la Villa Navarre. C'est ma cousine Géraldine qui m'a sauvé la vie en s'interposant. Un autre jour, il me jeta des boules de pétanque à la figure. Je dansais pour esquiver les projectiles d'acier chromé. Mon cousin Édouard, plus jeune de quelques années, fut très impressionné par nos déchaînements de violence. Édouard Beigbeder travaille aujourd'hui dans l'action humanitaire pour l'UNICEF, il s'est rendu au Rwanda, en Bosnie, en Ossétie, au Sri Lanka après le tsunami ; je pense qu'il a vu davantage d'horreurs que la plupart des gens que je connais. Pourtant il se souvient encore de mes cris de terreur quand Charles me poursuivait. Mon aîné a également tenté de me noyer en tenant ma tête sous l'eau dans toutes les piscines et toutes les mers, c'est grâce à lui si je suis devenu un champion d'apnée – aujourd'hui encore je peux retenir ma respiration pendant deux minutes sous l'eau sans difficulté. Une autre méthode consistait à m'étouffer sous son oreiller, les épaules immobilisées par ses genoux. Je ne lui en ai jamais voulu puisque c'était toujours moi qui le provoquais en détruisant tout ce qu'il construisait, qu'il s'agisse d'une maison en Lego, d'un château de sable ou d'une maquette d'avion. Mon père avait aussi un frère aîné autoritaire, cassant, humiliant (Gérald Beigbeder) ; il l'a cordialement détesté toute sa vie. La haine de l'aîné pour le suivant est naturelle (le nouveau lui vole sa part du gâteau), mais elle n'est pas obligatoirement réciproque. Très tôt j'ai adopté une posture narquoise à la Gandhi. À l'autorité du grand frère, j'opposais un pied de nez permanent. La seule différence avec le Mahatma était que j'attaquais souvent par surprise, notamment en frappant sur les cuisses de Charles avec mes genoux pointus, en criant « béquille », méthode peu pacifique qu'à ma connaissance le fondateur de l'Inde moderne n'a jamais utilisée. Les béquilles formaient ensuite des hématomes verts et jaunes sur les hanches de mon frère. Les tentatives de meurtre fraternelles peuvent donc être considérées comme de la légitime défense. Somme toute, nous étions deux frangins normaux, avec nos ecchymoses en guise de médailles.

Asticoter mon frère aîné fut ma manière de briser la fatalité familiale. Charles et moi ne voulions pas imiter la génération précédente : mon père était brouillé avec son frère, ils étaient en procès à cause de la succession et en désaccord complet sur la gestion des Établissements de Cure du Béarn. Mes moqueries continues étaient ma façon tordue de dire « Charles, je t'aime », ça y est, c'est dit, je ne le répéterai jamais, une fois par vie suffit. Pontalis dit qu'entre deux frères peut exister de l'amour, de la haine ou de l'amitié, et parfois un mélange des trois : une passion destructrice. Sur une échelle du sentiment fraternel qui irait de l'inceste homosexuel au crime fratricide, je nous situerais au beau milieu, oscillant entre la fascination réciproque et l'indifférence feinte. J'ai très vite perdu la bagarre et compris que c'était plié : il aurait une vie structurée et moi chaotique. Mais nous étions unis dans l'adversité : dès qu'un intrus attaquait l'un des deux, l'autre était prêt à se faire tuer pour le défendre. Charles était autoritaire mais protecteur. Notre humour méchant, cruel, taquin, nous reliait, nos vannes incessantes, et je ne pouvais m'empêcher de rire quand il me traitait de « laquais » et m'ordonnait d'apporter « les mets » à table... Ou au restaurant, quand il interrogeait le maître d'hôtel : « Votre camembert est-il bien fait ? », celui-ci répondant : « Oui, je crois », Charles ordonnait : « Vous croyez ? Veuillez vérifier. » Ah, ce « veuillez » ! J'en rirai aux larmes jusqu'à ma mort.

J'ai grandi sous le joug de ce dictateur splendide, mais, Dieu merci, son totalitarisme était tempéré par l'autodérision. Il est né le même jour qu'Adolf Hitler, combien de fois le lui ai-je rappelé ! C'était, selon moi, la preuve que l'astrologie est une science exacte. Ma mère devait constamment s'interposer. Quand Chloë se plaint d'être fille unique, je lui dis : « Tu ne connais pas ta chance ! » C'est ainsi dans toutes les familles, je n'en veux pas à mon frère. J'étais le suivant, il lui fallait me vaincre, écraser l'usurpateur, l'enfant surnuméraire, pour demeurer le grand Charles, et moi je devais lui résister pour faire accepter au monde ma singularité, mon indépendance, et devenir Frédéric. C'est ainsi que Charles a donné de la force à son petit frère.

Comment voulez-vous tuer le père quand il n'y en a pas à la maison ? Restait le frère. Chacun s'y employa à sa façon.

Les hauts et les bas sentimentaux de notre mère eurent des dommages collatéraux : richesse de 0 à 6 ans, pauvreté de 6 à 8 ans, luxe de 8 à 14 ans, vaches maigres de 14 à 18 ans. Ma mère nous trimbalait, dans sa petite Fiat 127 blanche, de grands appartements en petits logis. Que personne n'accuse ma mère d'être vénale : c'est par romantisme qu'elle n'a pas hésité, par deux fois, à quitter de somptueuses demeures pour aller vivre avec ses deux fils dans d'étroites locations, s'obligeant à courir les traductions sous-payées de bouquins débiles de la collection Harlequin pour payer le loyer. Un jour nous avions chacun notre chambre, le lendemain nous revenions dans des lits superposés. Ce n'était pas la misère, juste des pulls avec des pièces aux coudes. À 17 ans, rue Coëtlogon, mon frère et moi dormions dans la même chambre aux murs tendus de tissu bleu. Il nous arrivait même de recevoir des petites amies dans nos lits à une place ; parfois Charles faisait l'amour discrètement, la main sur la bouche de sa copine, tandis que je faisais semblant de dormir. La nuit, quand Charles me demandait d'arrêter de tousser ou de me branler, je lui disais d'arrêter de grincer des dents et de ronfler. Quand il révisait Maths Sup, je montais le son de Blue Oyster Cult. Pas évidente, la cohabitation. Chacun s'est empressé de foutre le camp de son côté dès sa majorité, et l'on s'est éloigné depuis. Lui a dû être soulagé ; je ne m'en suis jamais remis.

Je n'arrive pas à savoir si nous nous sommes éloignés parce que nous étions différents ou si c'est le contraire : peut-être ai-je fait exprès d'être différent parce que je savais que la vie nous séparerait, et qu'être son antithèse était ma seule chance de supporter ce nouveau divorce. Nous avions nos deux vies à vivre et je savais que nous ne pourrions pas les vivre ensemble. C'est quand nous nous sommes quittés que j'ai réalisé à quel point je tenais à mon faux jumeau. Toute ma vie, après son départ de la maison, je me suis cherché des grands frères de substitution. Des copains plus âgés, qui me disaient où aller, ce qu'il fallait faire (les Américains appellent cela un « role model »). J'ai pris très tôt l'habitude de suivre quelqu'un de volontaire pour deux.

Comprenez-moi : Charles donne vraiment son sens à ma vie. Je me suis bâti en opposition à lui. Ma méthode pour exister consistait à être son contraire. C'était stupide, peut-être, mais à dix ans, être différent, c'est tout ce que j'ai trouvé pour me définir. Être son yang, son côté face, sa part d'ombre, son reflet difforme, sa mouche du coche, son double inversé (en allemand « Doppelgänger »), son envers du décor, son Shadow Cabinet, son alter ego (celui qui altère son ego), son Mister Hyde. Il aime construire ? J'aimerai critiquer. Il est fort en maths ? Je bosserai le français. Il aime les jeux de société ? Je lirai dans mon coin. Il sort avec plein de filles ? Je jouerai au flipper avec mes potes. Il est catholique pratiquant ? Je serai un mécréant moqueur. J'aimais les bonbons à l'anis et à la réglisse PARCE QU'il ne les aimait pas. Aux jeux de société de mon frère, je préférais les jeux vidéo solitaires d'arcade, dans lesquels je glissais une pièce de deux francs pour tirer hystériquement sur tout ce qui bougeait : des murs de briques, des martiens au « Space Invaders », des météorites sur « Asteroids », les deux au « Defender »... Tout s'est décidé très tôt : à neuf ans Charles lisait *Picsou Magazine* et collectionnait les trains électriques ; aujourd'hui il jongle avec des investissements colossaux dans l'électricité et annonce qu'il veut concurrencer la SNCF. On n'évolue pas, l'enfance nous définit pour toujours puisque la société nous a infantilisés à vie. Au même âge, je lisais *Pif Gadget* (journal communiste) et jouais au Jokari dans le jardin de Patrakénéa, tapant avec une violence désespérée sur une balle reliée à un élastique qui revenait tout le temps me narguer. Le Jokari est sans nul doute le jeu le plus con du monde : sorte de croisement entre la pelote basque et le boome-rang, c'est, comme la littérature, le seul sport où l'on est certain de NE JAMAIS GAGNER. Sans Charles, je ne sais plus qui je suis, je suis paumé, cet homme est mon ancre et il ne le sait pas, il croit que je me fiche de lui. Jusqu'à aujourd'hui il est mon principal repère. Vous croyez que ces sima-grées s'arrêtent à la majorité ? Vous plaisantez : il est marié depuis douze ans, je suis deux fois divorcé. Il est membre du MEDEF, j'ai conseillé le Parti Communiste Français. Dès qu'il a eu la Légion d'honneur, je suis allé en prison. La distance est très courte entre l'Élysée et le Cachot. Un frère va faire fortune et se voir épingler la rosette ; l'autre, qui est presque le même, qui a grandi avec lui, élevé par la même personne, sera à poil entouré de flics et grelottera sur une planche en bois. J'espère que ce chapitre impudique ne le blessera pas. Dans un livre qu'il a publié l'an dernier, sa version est dif-férente : « Il n'y a jamais eu la moindre compétition entre nous » ; évidemment puisqu'il l'a remportée.

Mon frère monogame serait-il plus heureux que moi ? Je constate que la vertu et la foi semblent lui procurer plus de bonheur que mon hédonisme et mon matérialisme ; le vrai révolté, le seul fou, le grand rebelle de la famille, c'est lui, depuis toujours et je ne le voyais pas, alors que mes fêtes défoncées d'adolescent attardé ne sont qu'obéissance docile à la marche du monde. L'injonction capitaliste (tout ce qui est agréable est obligatoire) est aussi stupide que la culpabilité chrétienne (tout ce qui est agréable est interdit). Je m'étourdis, incapable de grandir, quand lui bâtit son existence sur un mariage solide, des enfants présents, une religion éternelle, une maison avec jardin fleuri. Je jouis la nuit en prenant des airs supérieurs sans voir que je suis le plus bourgeois des deux. En fuyant ma famille, je ne me rendais pas compte que j'abdiquais face à une aliénation bien pire : la soumission à l'individualisme amnésique. Privés de nos liens familiaux, nous sommes des numéros interchangeables comme les « amis » de Facebook, les demandeurs d'emploi de l'ANPE ou les prisonniers du Dépôt.

J'ai perdu mon père à l'âge de sept ans et mon frère à l'âge de dix-huit ans. Or c'étaient les deux hommes de ma vie.

29

Peut mieux vivre

Quand j'étais petit, on ne mettait jamais sa ceinture dans une automobile. Tout le monde fumait
partout. On buvait au goulot en conduisant. On
slalomait en Vespa sans casque. Je me souviens du
pilote de Formule 1 Jacques Laffitte conduisant
l'Aston Martin de mon père à 270 km/h pour inau-
gurer la nouvelle autoroute entre Biarritz et San
Sebastian. Les gens baisaient sans capote. On pouvait dévisager une femme, l'aborder, essayer de la
séduire, peut-être de l'effleurer, sans risquer de passer pour un criminel. La grande différence entre
mes parents et moi : dans leur jeunesse les libertés
augmentaient ; durant la mienne elles n'ont fait que
diminuer, année après année.

Il est certain que la Quête de Plaisir Fugace dimi-
nue l'espérance de vie chez l'écrivain. Jacques Vaché
est mort à 23 ans d'une overdose d'opium, Jean
de Tinan à 24 ans de rhumatismes aggravés par
une consommation d'alcools frelatés, Georg Trakl à

27 ans d'une overdose de cocaïne, Hervé Guibert à
36 ans du sida, Roger Nimier à 36 ans dans un accident d'Aston Martin, Boris Vian à 39 ans d'excès
festifs sur cœur fragile, Guillaume Dustan à 40 ans
d'une intoxication médicamenteuse, Guy de Mau-
passant à 43 ans de la syphilis, Scott Fitzgerald à
44 ans d'alcoolisme, Charles Baudelaire à 46 ans de
la syphilis, Alfred de Musset à 46 ans d'alcoolisme,
Albert Camus à 46 ans dans un accident de Facel
Vega, Jack Kerouac à 47 ans de cirrhose, Malcolm
Lowry à 47 ans d'une overdose de somnifères, Frédéric Berthet à 49 ans d'alcoolisme, Jean Lorrain à
50 ans d'une péritonite consécutive à l'abus d'éther,
Hans Fallada à 53 ans d'une overdose de morphine,
Paul-Jean Toulet à 53 ans d'une overdose de lauda-
num… N'ayant pas le talent de mes maîtres, puis-je
espérer, ô Seigneur, ne pas partager non plus leur
brève durée de vie ? Depuis que j'ai un enfant, je ne
tiens plus à mourir jeune.

Vers 19 heures, le policier qui m'a interrogé est
revenu dans mon chenil pour m'avertir, le visage
pâle.

— C'est incroyable, je n'ai jamais vu ça. Vous
êtes déféré au Dépôt. Je ne comprends pas.

Il soupire mais pas autant que moi. Je suis allé
de déceptions en fausses joies depuis vingt-quatre
heures. La douleur ne provient pas uniquement de
la réclusion mais de l'espoir sans cesse déçu. Je
pense à mon chat qui doit crever de faim, enfermé
dans mon appartement. C'est le monde à l'envers :

je suis presque obligé de consoler le flic qui, lui, va dormir chez lui.

— On va vous transférer en fourgon de police à l'île de la Cité pour passer une deuxième nuit en cellule et le procureur vous verra demain matin. Je suis désolé, il faudra encore vous menotter.

— Mais ça veut dire quoi ? On va nous condamner à de la prison ferme ?

— Je n'en sais rien, on a transmis un dossier qui est vide, c'est pas l'usage de prolonger la garde à vue d'un simple consommateur, mais bon… C'est peut-être le coup du capot qui l'a agacé. Ou alors ils veulent faire un exemple, se payer un mec connu.

La loi prévoit d'enfermer les drogués pendant une année maximum quand ils fument un pétard, tapent un rail, gobent une pilule, piquent leur bras. Même le Poète est assommé ; il commence à craindre une accusation plus lourde (dealer de Beigbeder ? il risque gros…). Il se confond en excuses :

— C'est ma faute, putain, je suis désolé.

— Tais-toi, tu n'y peux rien.

— Finalement je t'ai offert ce qui manquait à ton destin : la déchéance. « Malheur à ceux que le malheur épargne… »

— C'est de toi ?

— Oui.

— Je peux le mettre dans mon livre ?

— OK.

Voilà qui est fait.

Je ne parviens plus à départager ce qui me cause le plus de peine : la fatigue, la colère, la claustrophobie, l'inconfort, la honte et maintenant la trouille ? Coups de massue successifs sur ma tête de gargouille barbue puant de la bouche, effarée, aux yeux exorbités, cernés, abattus. La nuit qui commence est la plus longue de ma vie. Je croyais le cauchemar fini : il commence. À partir de cet instant, où la lourde porte en métal s'est refermée sur mon ventre noué, je ne suis plus qu'une ombre, un esclave hagard, un mort-vivant qu'on trimbalera d'un point à un autre avec les mains attachées, livide, soumis, muet, groggy. Je déclare solennellement que ce soir-là, des gens auxquels je n'avais rien fait ont décidé de mettre mon humanité entre parenthèses, et y sont parvenus. Ils ont déféré un enfant dans leur camionnette blanche ; ils ont précipité un agneau à l'abattoir.

30

Les enfants gavés

Le divorce multiplie tout par deux : deux appartements, deux Noëls, deux chambres, une existence
dédoublée. Pourtant l'événement m'a subdivisé, je
me suis senti comme amputé : je suis devenu demi-
pensionnaire, demi-part, demi-portion, une moitié
d'homme. Leur séparation a renvoyé mes parents
dans leurs univers distincts : papa à sa bourgeoisie
excentrique, maman à sa noblesse fauchée. Le géné-
rique de la série *Amicalement vôtre*, dont la diffu-
sion a commencé en 1972 sur la deuxième chaîne
de l'ORTF, me semble résumer mes parents. C'est
un « split-screen » – écran coupé en deux dans le
sens de la hauteur. À droite de l'écran, Lord Brett
Sinclair, l'aristocrate anglais, snob et raffiné, avec
un foulard noué autour du cou (ma mère, interpré-
tée par Roger Moore) ; à gauche de l'écran, Danny
Wilde, le parvenu amerloque, flambeur, désinvolte
et rigolo (mon père, joué par Tony Curtis). Chez
mon père l'appartement était plus luxueux, il y avait
un chauffeur-cuisinier, des filles de passage, une

solitude joyeuse, mais une solitude quand même. Chez ma mère on se sentait plus à l'étroit, la réalité était moins spacieuse mais plus chaleureuse, parce que c'était la vraie vie, celle de tous les jours, avec une tendre mère en guise d'homme à tout faire. Le divorce m'a appris à cloisonner, à mener une double vie, à développer le don d'ubiquité et de duplicité. Ne pas parler de papa chez maman, ni de maman chez papa. Ne surtout pas les comparer. La télévision était louée chez ma mère, et achetée chez mon père. Papa nous déposait en bas de l'immeuble du 22, rue Monsieur-le-Prince, pour ne pas croiser maman. Nous devions monter l'escalier quatre à quatre, sonner chez notre mère, entrer, foncer dans le salon, ouvrir la fenêtre sur la rue et faire signe à notre père que nous étions bien arrivés. Être aussi heureux dans 50 mètres carrés que dans un triplex cinq fois plus grand. Continuer de faire comme si tout était normal, puisque, comme disait maman : on avait « de la chance par rapport aux petits Éthiopiens ». Nos ventres n'étaient pas gonflés par la malnutrition mais par les éclairs au chocolat. Nos yeux n'étaient pas couverts de mouches mais entourés de lunettes. Quand je priais pour les Éthiopiens à la messe de l'école Bossuet, c'était surtout pour ne pas leur ressembler.

Je ne porte aucun jugement moral sur le divorce de mes parents, pour avoir imposé à mon tour la même procédure à ma descendance. Mais cessons de nier que cette nouvelle façon de vivre façonne les enfants. La nouvelle norme, c'est d'avoir deux maisons, quatre parents (au minimum), d'aimer des gens qui ne s'aiment plus entre eux, de craindre constamment les ruptures, d'avoir parfois à consoler ses parents, et d'entendre deux versions de chaque événement, comme un juge dans un procès.

Les enfants de parents divorcés en 1972 furent surexposés au plein vent de l'épicurisme moderne : la première Libération (1945) avait déjà préparé la religion du confort, la deuxième (1968) a créé des jouisseurs avides et insatiables. Par réaction, la progéniture de ces adultes doublement libérés a conçu mécaniquement une angoisse de la liberté. Les enfants des divorcés des années 70 sont donc tous :

— des besogneux qui font semblant d'être désinvoltes

— des rigoureux qui jouent les noceurs

— des romantiques qui se prétendent blasés

— des ultrasensibles qui se défoncent pour avoir l'air indifférents

— des anxieux qui se font passer pour des révoltés

— des hommes en ballottage.

Ce que je sais de leur divorce, je ne l'ai su que par recoupements postérieurs. Il est parti trop souvent en voyage, il a été remplacé. Il lui a raconté ses infidélités, elle s'est vengée. Les versions divergent toujours : chacun rejette les torts sur l'autre pour rester innocent devant les enfants. Sur le moment, rien n'était formulé verbalement, nous devions deviner, apprendre à lire entre les mots, sans poser de questions, en souriant, dans le silence du bonheur intouchable. Personne n'a jamais crié, la joie de vivre s'est évanouie avec l'arrivée de la pilule, l'année de ma naissance – je suis né de justesse.

Tout le monde avait raison, tout le monde mentait sans le vouloir, parce que personne ne voulait se souvenir exactement de la vérité, qui pourtant nous aurait moins fait souffrir que la perception que nous en avons eue : nos parents se sont ennuyés de nous. Cette vie ne leur ressemblait plus. Notre famille ne leur suffisait pas. Les deux frères blonds sur la pelouse verte étaient insatisfaisants, le jeu était fini trop tôt. L'aventure était ailleurs, l'époque changeait de norme, la bourgeoisie serait désormais compatible avec le plaisir, le catholicisme n'interdisait plus de jouir. On allait enfin vivre moins sérieusement, dans un monde où le bonheur sexuel était une priorité. Et les garçons ? Ils suivaient, ils survivraient. Un divorce est moins grave qu'une guerre mondiale. Personne n'en meurt, ils ne se plaindront pas. Les garçons furent gâtés, couverts de baisers et de cadeaux, de Mako moulage, Mako bougies, Chimie 2000[1], de Lego, de Meccano, de petits soldats

_____

1. Rue Monsieur-le-Prince, j'ai mélangé du permanganate de potassium à de l'eau : le mélange forma un précipité violemment violet, qui se renversa dans mon cartable, tacha mes

Airfix et de trains électriques Märklin. C'était Noël tous les week-ends pour se faire pardonner, puisqu'on était entré dans cette nouvelle société dont parlait le Premier ministre à voix de canard (Jacques Chaban-Delmas), une société de consommation illimitée, de luxe américain, un monde où la solitude serait intégralement compensée par les jouets et les cornets de glace. Les enfants furent tellement gavés qu'ils ont fini par s'abîmer. Les parents séparés paraissaient plus jeunes que leurs enfants chiants, comme dans la série *Absolutely Fabulous*, où la fille donne de pénibles leçons de morale à sa mère alcoolique. C'est en 1972 que les générations ont cessé de s'opposer : on vivrait tous comme des individus infantiles, des copains sans âge. Les parents seraient d'éternels enfants. Les enfants seraient adultes à huit ans, comme dans *Bugsy Malone* ou *La Petite*, films de cette époque. Mon frère et moi n'avons pas choisi cette situation. Mais ce qui est arrivé est arrivé : en 1972, nous avons vu naître nos parents.

---

vêtements et laissa des traces marron sur mes mains pendant un mois. Aujourd'hui ce type de jouet est totalement prohibé, le permanganate de potassium est classé comme un explosif, une substance hautement toxique. On voit que j'ai commencé très jeune à manipuler des produits illicites. (Note de l'auteur de moins en moins amnésique à mesure que son récit approche de son dénouement.)

31

Dépôt légal

Comparé au Dépôt, le commissariat du VIIIᵉ, c'est l'hôtel Fouquet's Barrière. La première nuit était une plaisanterie de mauvais goût, un jeu aux gendarmes et aux voleurs, un gag de potaches, comme la beuverie des postiers dans *Bienvenue chez les Ch'tis*. La seconde nuit dure un an, dix ans, elle dure encore. Je ne savais rien, j'ai vécu toute ma vie dans l'ignorance. Je me suis aperçu cette nuit-là que je n'avais jamais souffert. Cet endroit est la honte de mon pays, un enfer comme la prison de la Santé où je suis allé rencontrer les prisonniers il y a quelques années, alors que Véronique Vasseur venait d'écrire un pamphlet pour en dénoncer la vétusté : le livre lui avait coûté son job de médecin-chef mais n'a rien changé à la scandaleuse dégueulasserie de la geôle parisienne. Le Dépôt est suintant, gluant, glacial comme la Santé. Le nom sonne trop gentil : ce n'est pas un Dépôt, c'est un cachot. Le Dépôt est une fosse commune où l'on déverse les corps cadavériques des réprouvés. Ce donjon date du Moyen Âge et vous pouvez à tout moment y être détenu. C'est un grand hall souterrain aux murs épais, aux plafonds voûtés, avec des rangées de cellules à gauche et à droite, en haut et en bas, séparées par des grillages et de lourdes portes en métal à verrous coulissants, dans lesquelles des hommes appellent au secours, supplient de sortir, clament leur innocence et se font casser la figure derrière les barreaux. Le Dépôt de Paris est une prison miniature d'une quarantaine de cellules où s'entassent tous les « déférés » : les délinquants ou criminels qu'on a jugé utile d'envoyer sous le Palais de justice en attendant qu'un juge daigne se réveiller. Il vous suffit de boire trois verres de vin et de prendre le volant, de tirer une bouffée de joint qu'on vous a tendu, d'être raflé lors d'une bagarre ou embarqué au cours d'une manifestation, et si le juge ou le flic est mal luné, si vous êtes connu et qu'ils veulent se payer votre tête, ou juste arbitrairement, par pur plaisir sadique, parce que leur femme les a mal baisés la veille, vous irez séjourner au Dépôt, sur l'île de la Cité, au fond d'une cour, sous la terre, à l'intérieur de la préfecture de police, derrière le palais de justice de Paris, en plein cœur de la Ville lumière, à deux pas de la Sainte-Chapelle, et l'on vous jettera menotté dans un trou noir, on vous désapera intégralement à nouveau pour regarder dans votre cul, avant de vous pousser dans un cachot humide et gelé sans ouvertures, dont le lit est une planche de bois, où les chiottes sont posées par terre, une cage à zombies non chauffée dont même les geôliers s'excusent avec embarras en baissant les yeux. Une gardienne de la paix charitable, m'ayant reconnu, est venue m'apporter deux couvertures malodorantes, voyant que je grelottais recroquevillé en position fœtale. Quand j'en ai eu marre d'apprendre par cœur « *Liaisons*, le magazine interne de la préfecture de police » – seule lecture que l'on m'ait accordée après mes supplications –, j'ai beuglé jusqu'à ce que le fonctionnaire de service prenne un rendez-vous à quatre heures du matin avec le médecin de garde pour qu'il me prescrive des anxiolytiques, car l'État aussi deale de la drogue gratuite, il suffit d'insister. Je sais ce que vont penser certains lecteurs : Marie-Chantal fait de la garde à vue chez Marie-Antoinette[1] ! Si vous pensez cela, c'est que l'on ne vous a jamais enfermé. Tous ceux qui ont déjà fait de la garde à vue savent de quoi je parle : le retour à l'état de bête soumise et inquiète. Et pourtant j'ai eu droit au traitement « V.I.P. », paraît-il, c'est-à-dire que j'ai été enfermé dans une cellule individuelle, séparé du Poète et livré à mon angoisse claustrophobe. L'écho des pas et des cris étouffés du Dépôt résonnera toujours dans ma tête. Le bruit des chaînes, des clés, des menottes, des sanglots. Le gel sous la terre. « C'est pas notre faute, on manque de budget. » Ce n'est jamais la faute de personne quand on accepte l'inhumanité. La France a trouvé des milliards d'euros pour renflouer ses

---

1. La reine Marie-Antoinette fut incarcérée à la Conciergerie en 1793.

banques en 2008 mais elle tolère un POURRIS-
SOIR D'HUMAINS au centre de Paris. Le commissaire aux droits de l'homme du Conseil de
l'Europe a dénoncé cet endroit en vain. Il y a une
volonté gouvernementale qui est de laisser cet
endroit accablant exister au cœur de notre Cité.
Quelqu'un a pris la décision rationnelle de torturer
les gens en France. La France est un pays qui pratique la torture dans le Ier arrondissement, juste en
face de la Samaritaine. Et moi aussi je serais com-
plice de cette calamité si je ne la décrivais pas ici.
Comment ai-je pu vivre 42 années sans m'intéresser
à cette atrocité qui se déroule dans ma propre ville ?
Comment osons-nous donner des leçons à la Chine,
à l'Iran ou à la Libye alors que la France ne se
respecte pas elle-même ? Nous avons élu un président de la République qui passe son temps à libérer
des prisonniers à l'étranger et à jeter des gens aux
oubliettes chez lui. Chers lecteurs français, des personnes présumées innocentes sont TOUS LES
JOURS déférées dans ce cloaque réfrigéré et
putride AU PAYS DES DROITS DE L'HOMME.
Je vous parle d'une abjection absolue qui se situe à
côté de la place Saint-Michel et de ses bars musi-
caux, à un bras de Seine de chez Lapérouse, où les
notables se font sucer depuis trois cents ans dans
des salons privés, jouxtant la Conciergerie où l'on
tourne des films et organise des réceptions (j'y ai
dansé autrefois en smoking loué au Cor de Chasse,
lors de rallyes mondains), derrière le Palais de justice où je suis allé deux fois pour divorcer, à deux

pas de la ravissante place Dauphine où vivaient Montand et Signoret, oui, à deux pas de chez ces grands comédiens qui ont milité toute leur vie contre ce type de traitement, au milieu de la Seine, il existe un endroit de souffrance éclairé tous les soirs par les bateaux-mouches, un bagne crade, une tache dégueulasse, un gouffre moite sans fond, une cave frigorifique où les cris des malheureux résonnent toutes les nuits en vain, oui, où les pleurs montent vers le ciel toutes les nuits que Dieu fait, EN CE MOMENT, AUJOURD'HUI, MAINTENANT, TOUT DE SUITE, DANS LA CAPITALE DE LA FRANCE.

32

Songes et mensonges

J'ai eu beaucoup de chance, mes parents n'avaient qu'un but : ne pas traumatiser leurs enfants. C'était leur obsession, leur seule ligne de conduite. Protéger les deux fils. Qu'ils ne puissent pas détester leurs parents comme eux avaient détesté les leurs : nos grands-parents rétrogrades, aristocrates désargentés et bourgeois extravagants, qui les avaient élevés trop strictement, enfermés en pension, avec leurs principes dénués de tendresse, ou distraitement, avec trop de distance et de pudeur. Quand mes parents ont divorcé, ma mère a choisi de dissimuler la vérité à ses enfants pour les couver. Voici son mensonge inutile et pardonné qui a fait tant de dégâts. Au lieu de nous dire :

— Je quitte votre père parce que je suis tombée amoureuse d'un autre homme.

Elle a préféré dire :

— Votre père travaille beaucoup, en ce moment il est à New York.

Je ne reproche pas à ma mère de nous avoir

caché la vérité mais d'avoir imaginé une histoire
moins belle que la vraie. Il aurait suffi de nous dire
qu'elle en aimait un autre… « Papa est en voyage
d'affaires », c'est moins beau qu'« Anna Karé-
nine ». Mais ma mère se sentait coupable d'être
tombée amoureuse d'un autre que mon père. Je
m'en veux d'avoir déclenché cette culpabilité. Il n'y
a rien de mal à ne plus aimer, et encore moins à
tomber amoureux. J'ai honte d'avoir donné honte
à ma mère. Les enfants veulent une chose impossible : que rien ne change jamais. Ils traitent leurs
parents d'égoïstes alors que ce sont eux les égoïstes,
qui voudraient que leurs parents se sacrifient toujours pour eux. Quand je lui demandais sans cesse
où était papa, et pourquoi il travaillait autant,
maman répétait que tout allait bien.

— Et il revient quand ?

— Je ne sais pas, ninouche.

Le bonheur litanique est suspect. Nous venions
de quitter un grand appartement sur l'avenue
Henri-Martin pour emménager dans un petit deux
pièces rue Monsieur-le-Prince. Même un enfant de
six ans en jeans New Man peut comprendre que sa
maison a rapetissé, et constater que son père n'y
vient jamais. Rue Monsieur-le-Prince, maman nous
a appris à nous brosser les dents, a mis du mer-
curochrome sur nos plaies, a séché nos cheveux
blonds, et préparé la Blédine au chocolat. Comme
je passais beaucoup de temps devant la télévision,
je me suis mis à regarder les séries américaines pour
voir mon père, puisqu'il « travaillait à New York ».

Je m'imaginais que j'allais le surprendre au coin
d'un immeuble, dans le feuilleton, le voir sortir d'un
restaurant, monter dans une limousine en ajustant
son nœud de cravate entre deux rendez-vous
d'affaires. New York me donnait des nouvelles de
mon père débordé. La fumée blanche qui sort du
trottoir, les escaliers extérieurs rouillés, les néons
des hôtels qui clignotent, les sirènes de police, les
ponts suspendus… c'était la maison de mon père.
Mon père était le détective Mannix, ou le héros de
Mission impossible dont le magnétophone « s'auto-
détruira dans les cinq secondes ». Je l'accompagnais
mentalement dans cette Amérique où je n'avais
jamais mis les pieds. J'étais new-yorkais comme lui,
la nuit je rêvais de gratte-ciel irréels et gigantesques,
de promenades où mon père me prenait la main
pour m'emmener au cinéma, où nous mangions du
pop-corn, hélions un taxi jaune, et cela ne me déran-
geait pas de l'attendre entre deux réunions dans le
lobby d'un grand hôtel, ou le couloir d'un building
climatisé. J'étais loin de la rue Monsieur-le-Prince,
dans ce film américain qui n'existait que dans ma
tête. Un rêve au pays de ma grand-mère Carthew-
Yorstoun, où je n'aurais pas perdu mon père. Dans
mes draps à l'effigie de Mickey ou Snoopy, je me
fixais de bonnes résolutions : la prochaine fois que
mon père serait à la maison, je me débrouillerais
pour ne plus être encombrant, je me ferais tout
petit, promis, hein Charles, quand il rentrera de
New York, il faudra être sage avec papa, sinon il
risque de repartir. Pauvre Charles, non seulement

son père lui manquait aussi, mais je l'empêchais de dormir des nuits entières.

— Hé Charles, tu dors ?

— Non, tu m'en empêches.

(Silence)

— Hé Charles, tu dors ?

— Non, tu viens de me réveiller.

(Silence, plus long)

— Et maintenant, tu dors ?

— Il serait plus juste de dire que je DORMAIS.

— Charles ? Tu crois qu'il va revenir, papa ?

— zzzzzzzzz.

En voulant épargner leurs enfants, par amour, mes parents leur ont enseigné l'art de ne pas s'attacher. Comment ne pas manifester sa peine ou son regret. Ils m'ont appris à contenir en moi toute douleur : par amour ils m'ont appris à désaimer ; en voulant nous protéger ils nous ont endurcis. Il est possible que mes deux parents aient fait, simultanément, des dépressions non soignées. Nous sommes une famille qui ne s'est jamais engueulée. Mon père et ma mère ont réussi un exploit incroyable : divorcer sans jamais élever la voix. Ma mère n'a jamais dit de mal de mon père, au contraire, elle disait souvent :

— Votre père est l'homme le plus intelligent que j'aie jamais rencontré.

Mon père ne disait pas de mal de ma mère non plus, ce qui rendait leur séparation encore plus mystérieuse. Nous avons grandi dans des mondes nonaristotéliciens, a-humains comme les détenus du Dépôt. Dès le plus jeune âge nous avons dû maîtriser nos sentiments, devenir « control freak » de nos cœurs. C'est-à-dire que nous n'avons pas grandi, puisque nous ne nous sommes jamais expliqués. Mon enfance rime avec silence, absence, indifférence. Depuis je ne suis qu'un flot d'émotions incapable de déborder. Ce qui s'est passé est désormais limpide. Je n'ai eu ni révolte, ni âge ingrat ; mon frère et moi avons été des garçons-modèles, bacheliers à 16 ans, disciplinés, obéissants, sagement malheureux. Au lieu de nous faire tatouer et percer, nous nous sommes contentés de regarder les shows de Maritie et Gilbert Carpentier, animés par Roger Pierre et Jean-Marc Thibault, avec Thierry Le Luron et Jacques Chazot. Ma crise d'adolescence a lieu en ce moment même : je n'ai jamais su m'ouvrir, je suis infirme, incapable de dire « je t'aime ». Pourquoi cette famille s'est-elle tue si longtemps ? La pudeur est respectable, pas le non-dit éternel. En 1942, les enfants ne savaient rien sur les juifs cachés par leurs parents au deuxième étage de la Villa Navarre ; trente ans plus tard, les enfants ne savaient rien sur le divorce de leurs propres parents.

Un enfant est un ignorant mais pas un aveugle. Quand on ne veut pas traumatiser ses enfants, on les traumatise quand même, parce qu'ils espèrent des retrouvailles qui n'arrivent jamais. Mieux vaut tout de suite les prévenir que la mort de l'amour est irréversible.

33

La vérité fausse

Je comprends que ma mère n'ait pas eu la force de nous parler. Lorsque j'ai quitté la mère de ma fille, j'ai eu la même lâcheté. Il est très difficile d'avouer à son enfant adoré qu'on est un égoïste romantique. Je regardais ses yeux innocents en espérant qu'ils le resteraient le plus longtemps possible. Puis vint le jour fatidique où Chloë me posa la question que tous les divorcés redoutent :

— Papa, pourquoi tu n'es plus avec maman ?

J'ai répondu :

— Euh... Parce que c'est la vie... Toi je t'aimerai toujours mais avec elle, c'était compliqué...

— Elle dit que tu sortais tous les soirs, que tu étais très méchant et c'est pour ça qu'elle t'a dit de partir.

— Non, non... Enfin, oui... En fait on se disputait beaucoup à cause de quelqu'un d'autre...

— ... tu es parti avec Amélie ?

— Oui...

— Et après tu as quitté Amélie pour Laura, et Laura pour Priscilla ?

— Euh… Ce n'est pas si simple…

— Donc tu es comme Barbe-Bleue !

— Non ! Barbe-Bleue égorgeait ses femmes !

— T'es Barbe-Bleue ! Mon papa c'est Barbe-Bleue !

Finalement le silence est presque une meilleure solution avec les enfants. Dans les mois qui ont suivi cette conversation, j'ai dû emmener ma fille plusieurs fois chez une pédopsychiatre pour lui faire accepter l'idée que son père était un ogre qui pendait les cadavres de ses épouses dans des placards. Dans une pièce jonchée de jouets multicolores, ma fille dessina une maison avec une grande maman dedans et un petit papa dehors, et je devais me retenir de pleurer : tel fut mon châtiment pour avoir quitté sa mère. Ma mère à moi n'a pas eu à effectuer de telles démarches : mon frère et moi avons continué de sourire pour qu'elle ne se sente pas coupable et c'est seulement quarante ans après que j'ai décidé de voir une psychiatre. Lors de notre dernière entrevue, mon docteur a eu une crampe à la hanche à la fin de mon monologue. Elle est tombée par terre. Elle a rampé en gémissant, entre son bureau et sa bibliothèque. Paniqué, je lui ai demandé :

— Docteur, que se passe-t-il, c'est à cause de ce que je vous ai dit ?

— Appelez mon assistante s'il vousplaîîîîrgh.

J'espère que ce livre ne fera pas le même effet à tous mes lecteurs. Chaque geste que nous faisons, chaque parole prononcée a des conséquences. Le silence de ma mère sur l'absence soudaine de mon père m'a fait vivre toute mon enfance dans une fiction, celle d'un papa en voyage et d'une maman délaissée qui finit par se consoler dans les bras d'un autre. Le contraire de la réalité ! J'ai cru durant toute ma jeunesse que mon père avait quitté ma mère, alors que c'était l'inverse. Progressivement, la version officielle est devenue :

— Votre père n'étant jamais là, nous avons choisi d'entériner la rupture. Je vous présente Pierre.

Ma mère avait choisi un beau-père aristocrate qui portait le même prénom que son père. Le Baron avait les yeux de Jean d'Ormesson et les rides de Robert Redford. Nous avons à nouveau déménagé dans un immense appartement de la rue de la Planche, où des sonnettes dans chaque pièce permettaient de convoquer le majordome mauritanien, Saïdou, un grand Noir portant une veste blanche. Aujourd'hui, après plusieurs décennies de labeur et de recoupements dignes de l'inspecteur Columbo, je peux vous dire que la version exacte est la suivante : délaissée par mon père, ma mère est tombée amoureuse d'un de ses copains, elle est partie avec lui, et mon père en a été tellement malheureux qu'il s'est oublié dans le travail, la bouffe et les femmes, prenant la présidence mondiale de sa société de conseil en recrutement et cinquante kilos de surcharge pondérale. Toutes les enfances ne sont peut-être pas des romans mais la mienne en est un. Une fiction triste, une histoire d'amour ratée dont mon frère et moi sommes les fruits. Nous avons vécu un bonheur Canada Dry. C'est une vie qui a l'apparence du bonheur : Neuilly, les beaux quartiers de Paris, de grandes villas à Pau, la plage de Guéthary ou de Bali… ça ressemble au bonheur, on dirait du bonheur, mais ce n'est pas du bonheur. On devrait être heureux, on ne l'est pas ; alors, on fait semblant.

C'est tout de même ce qu'il y a de pire au monde : des parents adorables qui font tout pour que vous soyez heureux, et n'y arrivent pas. Ils s'en veulent, s'acharnent, et vous avez honte de ne pas les combler, avec vos bras chargés de présents, honte de faire la gueule, alors que, comme disait le flic du Sarij 8, vous n'êtes « pas à plaindre ». Mon enfance est un peu comme ces soirées ratées où l'on devrait s'amuser : tout est bien organisé (il y a ce qu'il faut à boire et à manger, on passe de la bonne musique et les gens sont tous beaux et aimables), pourtant *la mayonnaise ne prend pas*. Quand j'entends Chloë rire en soufflant sur des bulles de savon, j'ai toujours peur. Et si, elle aussi, faisait semblant d'être heureuse pour ne pas me décevoir ?

À force de faire comme s'il n'y avait pas de problème, il n'y a plus de souvenirs.

34

Le deuxième père

Rue de la Planche, à partir de 1974, nous avons vécu des jours heureux et oubliés. C'est bizarre d'avoir un nouveau père ; tout attachement est interdit. Mon père le haïssait, je sentais que je n'avais pas le droit d'aimer ce Baron si aimable dans ses vestes rayées en seersucker, qui m'offrait des cadeaux, m'emmenait pêcher le maquereau en Irlande, jouait du jazz sur son piano désaccordé, recevait tout Castel dans son grand salon blanc, dansait des sambas de Jorge Ben avec maman rue Mabillon, aux brunches brésiliens du restaurant chez Guy, tous les dimanches. Il fallait se retenir de l'aimer, en cas de nouvelle rupture (crainte justi-fiée). C'est pourtant chez lui que Charles et moi avons organisé nos premières boums, cinq ans plus tard, où Charles passait cent fois *Because the night* de Patti Smith, et où je mettais cent fois *One step beyond* de Madness. Nous dansions tellement le ska dans la salle à manger que nos semelles laissaient des traces noires sur le parquet blanc. Tous nos

copains repartaient avec des auréoles sous les bras.
Mon nouveau père était l'homme que mon premier
père essayait de devenir. Playboy – il était sorti avec
la chanteuse Jeane Manson –, et businessman – il
travaillait pour Antoine Riboud, le PDG de BSN
Gervais Danone. Je me souviens que le grand
patron venait à la maison les poches pleines de
Carambar et qu'un soir il nous fit essayer sa dernière
innovation : le brumisateur Évian. Les copains du
Baron se nommaient Pierre Bouteiller, Mort Shu-
man, Thierry Nicolas, Pierre de Plas, Olivier de
Kersauson et Jean-Pierre Ramsay. Il était drôle,
beau, à l'aise partout, galant et léger. Ma mère était
entourée d'amies élégantes : Sabine Imbert, les
sœurs Petitjean (petites filles du fondateur de Lan-
côme), la princesse Marie-Christine de Kent, Guil-
lemette de Sairigné, Béatrice Pepper... Elle était
plus joyeuse que quand elle était mariée. Au fond,
le Baron incarnait tout ce que ma mère méprisait
avant 1968 (mondain, frivole, fêtard) ; pourtant il
fut mon deuxième papa. Plus âgé que le mien, il
m'a élevé aussi longtemps que mon vrai père, mais
j'avais toujours l'impression d'être un traître en
vivant chez lui, de jouer un double jeu en le voyant
câliner ma mère, en étant témoin de cet amour qui
faisait souffrir mon premier père. Je n'étais pas son
fils, que faisais-je chez cet homme qui me gâtait
davantage que l'auteur de mes jours ? Avais-je le
droit d'aimer l'homme qui avait remplacé mon
père ? Il est clair, en tout cas, que j'ai passé une
bonne partie de ma vie à l'imiter. C'est lui qui m'a

emmené pour la première fois chez Castel, où j'avais une bouteille à mon nom à l'âge de treize ans – souvenir de dames étincelantes comme des pierres précieuses, posées dans un écrin de fumée. Je suis tombé amoureux de la nuit parce que tout y était artificiel et féérique. J'admirais la beauté factice de ce pays imaginaire. L'amant de ma mère m'a entrouvert la porte de cette fiction merveilleuse où les gens rient trop fort, où les femmes sont plus belles que le jour, et la musique plus sonore. Voyant que j'écoutais attentivement sa programmation, le disc-jockey de Castel m'avait offert une cassette que j'écoute encore parfois dans l'autoradio de la vieille BMW de mon père, seule machine qui me permette encore d'entendre des cassettes audio : *Radioactivity* de Kraftwerk mixé avec *Speak to me/Breathe* de Pink Floyd. Je pense encore que c'est le plus bel enchaînement de tous les temps.

Le nouveau père n'est jamais devenu mon beau-père (il n'a pas épousé maman) mais il fut une sorte d'« antipère ». Je me souviens d'un rébus qu'il dessina lors d'un déjeuner sur une nappe en papier du restaurant Claude Sainlouis, rue du Dragon : Pierre/2. Ce qui signifiait son nom de famille (deux sous le trait = de Soultrait). Tout ce que j'y voyais, c'était une division par deux. Je sais qu'aujourd'hui cette situation est banale : tous les enfants se sentent subdivisés. C'est ainsi que naît la vie : les cellules naissent du résultat de la division cellulaire (« omnis cellula ex cellula ») ; c'est la multiplication des cel-

lules qui maintient les organismes en vie. Quand
mon deuxième père a disparu de la mienne en 1980,
le premier est revenu plus souvent et je n'ai plus
croisé le Baron que deux ou trois fois, par hasard,
dans des restaurants à Bidart ou rue de Varenne.
Une famille ne se recompose que provisoirement,
j'ai dû m'habituer très tôt à voir disparaître mes
proches du jour au lendemain. Mes beaux-pères
successifs et mes belles-mères interchangeables
m'ont permis d'expérimenter l'individualisme dans
ma chair. J'ai développé une capacité surhumaine
d'oubli, comme un don : l'amnésie comme talent
précoce et stratégie de survie.

Mon père en a toujours voulu au Baron de lui
avoir volé sa femme. Un jour, une fois adulte, je lui
ai posé la question qui tue :

— Mais puisque tu trompais maman, pourquoi
n'aurait-elle pas eu le droit de faire la même chose
de son côté ?

— Ce n'est pas la même chose, c'était une tra-
hison, avec un ami. Et puis… l'infidélité est moins
grave quand elle vient d'un homme.

Cet argument est souvent utilisé par les hommes
pour justifier l'adultère masculin. On le retrouve
notamment chez Schopenhauer : « *L'adultère de la
femme, à cause de ses conséquences, et parce qu'il est
contraire à la nature, est beaucoup plus impardonnable que celui de l'homme.* » Cet argument célèbre
du *Monde comme volonté et comme représentation*

n'a visiblement pas convaincu ma mère en 1972.
J'ai souvent tenté de le replacer lors de mes déboires
conjugaux ultérieurs :

— Chérie, si je te trompe, c'est moins grave que
toi, puisque je suis un homme. Ce n'est pas moi qui
le dit : c'est Arthur Schopenhauer.

Deux divorces après, je peux aujourd'hui affirmer d'expérience : il s'agit d'un ADM (Argument
De Merde).

À un moment (l'épisode Passy Buzenval), j'ai
l'impression que mon père a ressenti une crainte
absurde : celle d'être effacé par son successeur. Je
me souviens du soir où je lui ai tendu la main, au
lieu de l'embrasser, alors qu'il entrait chez ma mère
pour emmener ses deux fils en week-end. C'était
un geste de révolte inconsciente contre sa disparition inexpliquée : tendre ma petite main méchante,
comme à un étranger, au lieu de ma joue douce.
J'avais dix ans, pourtant je reste aujourd'hui rongé
par mon injustice de ce soir-là. Naturellement, mon
père a très mal réagi ; blessé, il m'a embrassé de
force. J'ai l'impression d'avoir été injuste avec cet
homme durant toute mon existence. J'ai réellement
cru qu'il nous avait abandonnés. J'ai souvent essayé
d'écrire sur lui : le héros de *Windows on the world*
a du mal à s'occuper de ses deux fils, et porte le
nom de ma grand-mère américaine... À un
moment, il dit à ses garçons : « Il y a une chose pire
que d'avoir un père absent : c'est d'avoir un père
présent. Un jour, vous me remercierez de ne pas

vous avoir étouffés. Vous comprendrez que je vous
aidais à prendre votre envol, en vous dorlotant à
distance. » Les livres sont un moyen de parler à
ceux auxquels on est incapable de parler.

Pour dire à mon père ce que je ressens, je ferais
peut-être mieux de citer encore un film américain :
About Schmidt d'Alexander Payne (2002). Jack
Nicholson y interprète Warren Schmidt, un veuf de
66 ans, retraité, sarcastique, amer et esseulé, avec
un gros ventre et une casquette en tweed, qui cor-
respond avec un enfant tanzanien prénommé
Ndugu. Chaque mois, Monsieur Schmidt lui envoie
22 dollars pour subvenir à son éducation, et en fait
son confident. Sous forme de voix off, les lettres de
Schmidt à Ndugu, l'enfant lointain qu'il parraine
sans jamais le voir, servent de fil conducteur au
récit. À la fin du film, la mère supérieure qui dirige
l'école africaine de Ndugu fait parvenir à Monsieur
Schmidt un dessin où l'enfant a voulu exprimer ce
que ce correspondant lointain incarne à ses yeux.
Jack Nicholson sort de l'enveloppe un dessin naïf,
représentant un homme qui sourit, tenant par la
main un enfant qui sourit, tous deux sous un grand
soleil radieux. En le découvrant, il éclate en sanglots.

35

Fin de l'amnésie

J'étais enfermé dans un mensonge. D'avoir
compris que mon amnésie provenait d'un simple
non-dit, tout m'est réapparu sur le mur de mon trou
à rats, c'était comme si le jour se levait, comme si
un rideau s'ouvrait sur une enfance enfin libérée.
Tout, je voyais tout : quand je faisais du tricycle
dans l'entrée carrée de Neuilly, et le duplex dans le
XVIe où j'ai appris la mort de De Gaulle et goûté
mes premières cerises, et les batailles contre mon
frère pour avoir le coquetier bleu et la cuiller poin-
tue, et la grande boîte de feutres multicolores Caran
d'Ache pour dessiner des arbres sur le papier peint
de ma chambre, et quand on écoutait le 33 tours
du *Petit Prince* dit par Gérard Philipe je pensais
que c'était le Prince qui avait donné son nom à la
rue où l'on habitait, et le premier hamburger
McDonald's à l'angle de la rue Monsieur-le-Prince
et du boulevard Saint-Michel, qui est devenu un
O'Kitch quand ils ont perdu la licence, et le bruit
des voitures Matchbox dans le couloir qui énervait

les voisins du dessous, et le Club Mickey avec
Mathieu Cocteau sur la grande plage de Guéthary
où Monsieur Rimbourd nous faisait chanter « c'est
nous les canards, les gentils canards, les canards
joyeux qui n'ont pas froid aux yeux », et l'ours
Colargol qui chante en fa en sol, et la piscine de
l'hôtel Lutetia où le prof de gym de Bossuet nous
emmenait nager chaque semaine (c'est devenu une
boutique de fringues), et On l'appelle Oum le Dau-
phin dans son royaume aquatique, et les parties de
Mille Bornes quand il pleuvait sur Patrakénéa, le
vent qui fait claquer les volets contre le mur blanc,
et mon petit distributeur de pastilles Pez en plastique bleu avec la tête de Popeye qui se soulève pour
laisser sortir un bonbon fade en plein orage sous
les draps, et mon castor en peluche rapporté du
parc de Yosemite qui a cramé sur l'ampoule de ma
lampe de chevet, et le jour où mon père était furieux
parce que Charles et moi étions montés ouvrir ses
boîtes de magie en oubliant de lui faire signe par la
fenêtre que nous étions bien arrivés, et *Get down*
de Gilbert O'Sullivan en 45 tours à Château Elyas
chez Henri de La Celle, et l'époque où les fauteuils
et les lampes ressemblaient à des bulles, et les Cara-
nougats, et le jour où j'ai vu Sartre déjeunant seul
au Balzar, et la publicité pour « 18 heures » de Play-
tex (« Mais où est passée ma gaine ? Ah, je l'ai sur
moi ! »), et *Daktari* avec Clarence le lion qui lou-
chait, et « Vous vous changez ? Changez de Kel-
ton ! », et les berlingots de lait concentré sucré
Nestlé dans le frigo du chalet à Verbier, et le gros

voisin pédophile du dernier étage de la rue de la Planche qui m'a invité dans sa chambre de bonne pour sucer des « Fruidulés Kréma »... hein ? quoi ? qu'est-ce que j'ai dit ?

C'était une mauvaise idée, les chambres de bonne de la rue de la Planche. Autant j'aimais le vide-ordures où je jetais des morceaux de sucre et des noix pour les écouter tomber, autant nos studettes au dernier étage nous ont porté la poisse. On y accédait par l'escalier de service, au 7ᵉ étage, sous les combles. Ces deux pièces minuscules étaient nos salles de jeux, nos greniers secrets de petits hommes non terminés. Charles s'y est brûlé le bras avec de l'alcool enflammé lors d'une expérience scientifique avec un copain (l'expérience leur permit de conclure qu'effectivement, l'alcool à brûler brûlait). Et moi j'y croisais ce gros type qui se touchait la queue en me complimentant sur ma chevelure soyeuse. Je n'ai jamais cédé aux avances du vieux libidineux. Heureusement qu'il ne me plaisait pas... Aujourd'hui je serais peut-être Marc Dutroux.

36

Le jour où j'ai brisé le cœur de ma mère

— Je t'embrasse, ninouche.

— Maman, j'ai 42 ans, tu peux peut-être arrêter de m'appeler ninouche !

— Oh pardon, Frédéric, c'est dingue, qu'est-ce qui me prend, excuse-moi...

— Non mais maman, ça va, aucun problème, je disais ça comme ça...

Une mère ne voit pas que son fils vieillit, surtout si lui-même refuse de grandir. J'ai pris goût aux baisers dans le cou à l'âge d'un mois. Quand j'avais treize ans, ma mère m'a suggéré d'arrêter de la câliner dans le lit de mon beau-père. Je me souviens encore du jour où elle a repoussé mes avances : nous venions de regarder *Le Souffle au cœur* de Louis Malle à la télévision, l'histoire d'un fils qui couche avec sa mère. J'étais assis, en pyjama, à côté de la mienne ; le film était diffusé avec un rectangle blanc en bas à droite de l'écran ; l'embarras était réciproque et muet. Il était temps qu'elle devînt une femme comme les autres, c'est-à-dire une femme qui refuse d'être embrassée par moi. Jusqu'à ce matin dans le lit de la rue de la Planche où elle m'a expliqué que j'étais désormais trop grand pour l'embrasser dans le cou, ma mère était la seule femme qui n'avait jamais refusé mes avances. Jamais je n'ai autant embrassé quiconque. Treize années de câlins ininterrompus : aucune des femmes qui lui ont succédé n'a jamais réussi à battre ce record. Aujourd'hui encore, je passe beaucoup de mon temps dans le cou long, doux et parfumé des femmes. C'est le lieu où je me sens le mieux sur terre, depuis toujours.

Quelques mois après ce râteau maternel, ma mère annonça à mon frère et moi que nous allions encore déménager. Le beau-père ne voulait pas l'épouser. Ils ne s'entendaient plus, ils se quittaient pour cesser de se disputer. Ils avaient vécu une passion amoureuse : en s'installant ensemble ils l'avaient éteinte. Nous avons acquiescé mollement, comme d'habitude, avant de préparer nos cartons. Les séparations se suivaient et se ressemblaient : nous nous sommes installés dans un petit trois pièces de la rue Coëtlogon, dans le VIe, puis Giscard perdit les élections contre Mitterrand. Quelques semaines passèrent. Je ne sais pas comment j'ai appris que mon ex-beau-père avait épousé une autre femme à Reno (Nevada), sur un coup de tête. Un soir que nous étions en train de dîner dans la cuisine, soudain j'ai posé cette question à ma mère :

— Tu sais que Pierre s'est marié ? Il est parti en Amérique avec une amie et il l'a épousée.

Jamais je n'ai vu quelqu'un se décomposer aussi vite. Maman a blanchi, s'est levée de table, avant de sortir en claquant la porte. Charles m'a félicité pour ma gaffe.

— Ah bravo, quelle délicatesse.

— Mais je savais pas qu'elle savait pas !

Mon oncle Bertrand voulut casser la figure du Baron, j'ignore si c'est arrivé. Ces vaudevilles risibles n'ont peut-être d'importance que pour ceux qui les ont vécus. Tout ce petit monde est réconcilié depuis longtemps, mais briser, même involontairement, le cœur de sa mère, cela je ne le souhaite à personne. Chaque fois qu'il y avait un drame dans sa vie, rue Coëtlogon, ma mère baissait la voix au téléphone et se mettait à parler anglais pour qu'on ne comprenne pas que son mec allait en épouser une autre ou qu'il s'était jeté par la fenêtre ou qu'il ne pouvait pas quitter sa femme qui avait un cancer. Charles et moi, on savait bien, dès qu'elle sortait du salon en tirant sur le fil du téléphone, que le soir même on l'entendrait renifler et se moucher toute la nuit. Elle trimait jour et nuit sur des traductions de romans à l'eau de rose payées des clopinettes pour que le frigo soit plein et que nous ne manquions de rien. La vie merveilleuse de femme libérée : réveil à 7 heures du matin, préparer le petit déjeuner des enfants, vérifier leur cartable, travailler jusqu'à 18 heures pour un patron antipathique ou suer sang et eau sur un manuscrit de merde qu'il faut entièrement réécrire à la maison pour pouvoir payer le loyer, la bouffe, les vêtements, les vacances et les impôts, à 19 heures aller chercher les enfants à l'étude, préparer leur escalope de veau et leur MaronSui's, vérifier que les devoirs sont faits, les empêcher de se disputer, faire en sorte qu'ils ne se couchent pas trop tard. Nous ne roulions pas sur l'or, malgré la pension alimentaire versée par mon père et le petit salaire de maman. Nous avons vécu le même contraste que lors de notre emménagement rue Monsieur-le-Prince, quand, pour mes dix ans, j'avais demandé une encyclopédie. Pas l'Universalis ! Une petite encyclopédie illustrée, pour enfants. Comme elle coûtait trop cher, j'ai eu les tomes de À à F le 21 septembre 1975, puis j'ai dû attendre Noël pour avoir les tomes de F à M. L'année suivante, j'ai eu les tomes de M à Z. Je suis sans doute ridicule mais cela me fend le cœur de me souvenir du visage désolé de ma mère s'excusant de ne pas avoir les moyens de m'offrir toute l'encyclopédie en une seule fois.

Une femme seule qui élève deux enfants, c'est le bagne. Depuis j'ai compris ce qu'est une mère célibataire : c'est quelqu'un qui vous a donné la vie pour pouvoir sacrifier la sienne. Elle a quitté notre père, puis notre beau-père, et à partir de ce moment n'a plus cherché qu'à expier les fautes que nous ne lui reprochions pas. Elle a décidé d'être une femme indépendante, c'est-à-dire une sainte comme son grand-père suicidé à la guerre de 14. Je sais que beaucoup d'écrivains ont eu des griefs envers leur mère. En ce qui me concerne, il n'y a que gratitude. Son amour était incommensurable. Elle a dû s'apercevoir que nous, au moins, ne la quitterions jamais, ce en quoi elle se trompait. Je me souviens avoir rapporté des États-Unis un tee-shirt qui l'avait fait beaucoup rire : « I survived a catholic mother ». L'amour de notre mère était si possessif qu'il en devenait douloureux. Son amour ne cessait de s'excuser d'aimer. C'est un amour qui foutait parfois le cafard en donnant l'impression de compenser un vide. Mon frère et moi avons profité de l'échec sentimental de notre mère et de l'esclavage du féminisme – avant les femmes élevaient les enfants, maintenant elles élèvent les enfants et doivent EN PLUS travailler. Libérée des chaînes du mariage et du couple, elle travaillait dans l'édition, élevait ses enfants seule, et je ne crois pas qu'elle était heureuse. J'ai été un garçon assujetti à un nouveau matriarcat, idolâtrant sa mère, mais avec une revanche à prendre sur toutes les femmes. Mon enfance a fait de moi un être assoiffé de corps féminins, d'une misogynie revancharde. Elle n'avait plus que nous et nous en avons bien profité : nous avions une *femme libérée au foyer*. Nous avions gagné la guerre de l'amour contre tous les autres hommes. Notre jeunesse s'est terminée avec notre mère pour esclave. Nous avons expérimenté un nouveau syndrome : le complexe d'Œdipe compétitif, où deux garçons s'acharnent à abuser d'une seule mère. Je me demande toujours si c'est à cause de nous qu'elle vit seule aujourd'hui.

37

Inventaire parental

Ce qui me vient de ma mère :
— les ballades d'Elton John de 1969 à 1975, sommet de la musique pop mondiale
— toujours voir les Woody Allen le jour de leur sortie
— le meilleur vin rouge n'est pas le plus cher
— l'insatisfaction, se plaindre sans cesse, ne jamais être content de rien
— la myopie
— le romantisme
— les attaches fines
— la bonne éducation
— les rougissements
— le snobisme
— savoir bien s'habiller
— aimer la solitude
— ne pas avoir peur de rompre
— les auteurs russes
— manger le foie gras avec sa fourchette
— l'indépendance

— ne pas avoir honte de pleurer en public, ni se retenir de pleurer devant la télé

— le complexe d'infériorité

— le gigot d'agneau rôti à l'ail

— les baisers dans le cou

— l'esprit critique acéré

— la gentillesse avec autrui, la cruauté avec soi-même

— le goût des ragots

— *Singin'in the rain* de Gene Kelly et Stanley Donen

— la grasse matinée, avec le petit déjeuner au lit, l'odeur du pain grillé le matin

— l'amour doit être passionnel, inconditionnel, fusionnel et jaloux, quitte à durer peu

— l'amour est prioritaire sur tout le reste de l'existence

— ne pas dire « ce midi »

— L'envie de lire.

Ce qui me vient de mon père :

— la fantaisie

— la folie des grandeurs

— le gros nez

— les maux de gorge fréquents

— le grand menton

— les yeux couleur de pluie

— une manière très bruyante d'éternuer deux fois en effrayant toute la maison

— aimer la fondue bourguignonne ou savoyarde

— la lucidité

— Brooks Brothers
— le sarcasme
— l'égoïsme
— l'obsession sexuelle
— dire « souliers » pour « chaussures », « chandail » pour « pull-over » et « illustrés » au lieu de « bandes dessinées »
— le sens de la fête
— aimer les feux de cheminée
— le goût des femmes jeunes
— les belles voitures
— les Marx Brothers
— les *Vêpres de la Vierge Marie* de Monteverdi
— se foutre de l'opinion des gens
— la bande originale d'*American Graffiti*
— le complexe de supériorité
— les îles tropicales
— faire ses courses dans les duty-free
— il est possible d'ingurgiter un saucisson entier en moins de cinq minutes
— être archicool en permanence, mais s'énerver de temps en temps pour un détail
— ronfler la nuit
— le solipsisme de Plotin
— le sans-gêne est une qualité
— L'envie d'écrire.

38
Le rêve français

Mon père n'a jamais voulu fêter ses anniversaires, et souvent oublié ceux de ses fils. Il n'en retenait pas la date car il estimait, à juste titre, qu'il nous avait fait d'entrée le plus beau cadeau : la vie. Ce passionné de philosophie antique considérait la réalité comme relative : inutile, dès lors, d'accorder trop d'importance à une date sur un calendrier symbolisant notre vieillissement biologique. Le refus de grandir fait partie de mon héritage, avec l'idée que la réalité est une valeur surestimée.

Après son divorce, mon père s'était trouvé un ersatz de grand frère, un aîné de remplacement en la personne de son cousin Jean-Yves Beigbeder. Je me souviens d'une sorte de double de mon père en plus massif, avec de grosses lunettes, un type comique, fantasque, libre, original comme celui que mon père deviendrait plus tard. Papa se l'était choisi comme meilleur ami. Nous sommes partis en vacances ensemble dans les Antilles britanniques, sur une petite île nommée Nevis mais je n'en ai aucun souvenir à part ma découverte du lait de coco. Ensuite c'est certainement par nostalgie de Nevis que j'ai mangé des Bounty et bu du Malibu toute ma jeunesse. Un jour notre père nous a annoncé d'une voix lugubre que Jean-Yves Beigbeder était mort, noyé ou dévoré par des requins quelque part au large de la barrière de corail. Moi aussi j'ai perdu un ami prénommé ainsi, mais il ne souhaite pas être mentionné ici, ah zut trop tard.

Mon père a testé le rêve capitaliste et ma mère a testé l'utopie féministe : ils ont été punis sévèrement d'avoir voulu être libres. « Calamitosus est animus futuri anxius », dit Sénèque. (« Un esprit soucieux de l'avenir est malheureux. ») Toutefois, personne ne peut leur retirer cela : mes parents ont eu un rêve.

Mythomanes

J'ai compris : la plage de Guéthary, c'est ma parenthèse de respiration pour éviter de me rappeler Paris. Mes frasques et excès nocturnes : dérivatifs pour ne pas écrire ce livre. Toute ma vie, j'ai évité d'écrire ce livre.

C'est l'histoire d'une Emma Bovary des seventies, qui a reproduit lors de son divorce le silence de la génération précédente sur les malheurs des deux guerres.

C'est l'histoire d'un homme devenu un jouisseur pour se venger d'être quitté, d'un père cynique parce que son cœur était brisé.

C'est l'histoire d'un grand frère qui a tout fait pour ne pas ressembler à ses parents, et d'un cadet qui a tout fait pour ne pas ressembler à son grand frère.

C'est l'histoire de deux enfants qui ont fini par réaliser les rêves de leurs parents pour venger leur déception amoureuse.

C'est l'histoire d'un garçon mélancolique parce qu'il a grandi dans un pays suicidé, élevé par des parents déprimés par l'échec de leur mariage.

C'est l'histoire de la mort de la grande bourgeoisie cultivée de province et de la disparition des valeurs de la vieille noblesse chevaleresque.

C'est l'histoire d'un pays qui a réussi à perdre deux guerres en faisant croire qu'il les avait gagnées, et ensuite à perdre son empire colonial en faisant comme si cela ne changeait rien à son importance.

C'est l'histoire d'une humanité nouvelle, ou comment des catholiques monarchistes sont devenus des capitalistes mondialisés.

Telle est la vie que j'ai vécue : un roman français.

40

Libération

C'est un mort vivant aux cheveux hirsutes, à l'haleine puante, aux jambes ankylosées et à la veste chiffonnée que la police est venue chercher pour lui repasser les menottes le surlendemain de son interpellation. Je fus tiré d'un demi-sommeil engourdi et gelé, j'éternuais, j'avais le nez qui coulait, sous valium et bêtabloquants délivrés par le médecin de garde et l'avocat commis d'office. J'avais, comme l'écrit Blondin dans *Monsieur Jadis ou l'École du soir* (1970), « la mine fripée des lendemains de cage ». Sorti de mon frigo métallique, je suivis un robot muet qui marchait dans des couloirs souterrains suintants, sous un plafond où couraient des canalisations et des câbles électriques, éclairé d'ampoules nues, parfois cassées, entouré d'uniformes noirs, et j'ai trébuché, enchaîné sous la terre. On me poussa dans une autre cage avec deux détenus qui tentaient de se rassurer mutuellement, j'ai dû dormir quelques nouvelles minutes accroupi, assis, vautré, nié, puis vinrent les longues secondes de ma vie où mon stylo m'a le plus manqué. Les crayons ou stylos sont interdits au Dépôt car on risque de se les planter dans l'œil, la joue ou le ventre : trop de tentations. J'essayais de ne pas craindre le verdict du magistrat, dont j'avais pu tester depuis trente-six heures le pouvoir écrasant. Une grande avocate pénaliste, Maître Caroline Toby, appelée à la rescousse par un témoin de mon interpellation, vint me sortir de cellule pour m'expliquer la situation très clairement : le moindre geste qui ne reviendrait pas au vice-procureur, haussement de sourcil, raclement de gorge, ironie légère, et cette dame inconnue pouvait continuer de me briser à sa guise sans aucun recours possible, ni débat contradictoire, en me déférant en comparution immédiate devant un tribunal correctionnel pour lequel j'aurais symbolisé un sale gâchis méritant une bonne leçon, un insolent scribouillard junky passible d'un an de prison ferme (article L. 3421-1 du code de la santé publique). Je me sentais crasseux comme le sol et les murs. Je pensais à ma mère, à ma fille, à ma fiancée, comment leur mentir, quel discours leur tenir quand l'affaire sortirait dans les journaux. « Je leur dirai que j'ai grillé un feu, pris un sens interdit… ? » L'avocate m'expliqua que le procureur avertirait la presse, ce qu'il ne manqua pas de faire : le lendemain j'étais en une du *Parisien*, puisque telle est la double peine réservée aux délinquants qui n'ont pas la chance d'être anonymes. Je n'aurais sans doute pas écrit ce livre si la justice française n'avait pas commencé par rendre publique cette affaire. La juge froide que j'ai fini par rencontrer dans un petit bureau couvert de dossiers me posa une étrange question :

— Savez-vous pourquoi vous êtes là ?

Comme je regrette d'avoir eu la repartie d'un zombie grelottant ! J'aurais dû lui demander si elle savait ce qu'était un « Sprouzo » (cocktail composé de Sprite et d'Ouzo qui se consomme en mer Égée). Elle m'aurait répondu que non, et je lui aurais dit :

— Vous voyez qu'on ne peut pas se comprendre. Je n'ai rien mangé depuis deux jours, Madame. J'ai perdu trois kilos. Vous m'avez torturé alors que je ne suis ni terroriste, ni assassin, ni violeur, ni voleur, et que je ne fais de mal qu'à moi-même. Les principes moraux qui vous ont conduite à m'infliger cette violence sont mille fois moins importants que ceux que vous venez de bafouer depuis deux nuits. (baissant la voix) Il faut que je vous fasse une confidence. Ma carte d'identité indique que j'ai quarante-deux ans mais en réalité j'en ai huit. Vous comprenez ? Il faut me laisser sortir car la loi interdit de placer les enfants de huit ans en garde à vue. Je ne suis pas aussi âgé que le prétendent mes papiers. Ma vie m'aurait-elle échappé ? Je ne l'ai pas vue passer. Je n'ai aucune maturité. Je suis puéril, influençable, inefficace, inconséquent, naïf : un nouveau-né, et l'on m'explique que je suis un adulte qui doit prendre ses responsabilités ? Attendez, il y a erreur sur la personne ! Quelqu'un va dissiper ce malentendu !

Mais je tremblais comme une feuille, de froid et de peur : j'avais perdu toute éloquence. J'ai bredouillé que j'étais désolé, Madame. J'étais allé de déception en déception depuis deux jours, j'avais envie de rassurer ma fille que je n'avais pas pu aller chercher à l'école mardi soir, je n'en pouvais plus des faux espoirs et du temps qui ne passait pas. La France avait gagné une bataille contre l'un de ses enfants. La magistrate m'ordonna une injonction thérapeutique, et je laissai échapper un soupir de soulagement, baissant la tête mollement. Je signai quelques autographes administratifs pour récupérer mes affaires roulées en boule dans une boîte au sous-sol. J'eus ensuite rendez-vous avec une psychiatre entre deux sosies de Marilyn Manson aux joues creuses. Le Poète avait disparu, mais j'ai su ensuite par Maître Toby qu'il avait la même sanction : aucun casier judiciaire, non-lieu contre l'engagement de se rendre à six rendez-vous gratuits chez une psychologue créole, rue Saint-Lazare. Je suis enfin sorti de ma prison médiévale sous un soleil froid d'hiver. J'ai longé la Seine, traversé le Pont Neuf, et téléphoné à quelqu'un que j'aimais.

— Allô, ne t'inquiète pas je vais tout te raconter, je me suis fait arrêter avec le Poète et ça fait 36 heures que je suis enfermé, je n'ai pas dormi, je pue, j'ai tremblé de froid et de claustrophobie toute la nuit, il faut vite aller donner à manger à la chatte, elle doit être en train de crever. Non je n'ai pas pu t'appeler avant, ils m'avaient confisqué mon téléphone et je n'ai eu droit qu'à un coup de fil pour prévenir Delphine que je ne serais pas hier à la sortie de l'école de Chloë, oh la la chérie, ne t'en fais pas,

ça va aller, je referme une parenthèse de non-vie.
Je voudrais que tu me consoles. Tu viens chez moi ?
N'oublie pas d'amener tes deux bras, j'ai l'intention
de dormir au milieu. Au fait, je t'aime. Et tu
sais quoi ? Peut-être bien que je suis un homme,
maintenant.

41

New York, 1981 ou 1982

Avant d'aller à Guéthary, je suis parti une semaine à New York. Un matin, au téléphone, Jay McInerney m'a appris qu'il s'était cassé le pied en trébuchant sur le trottoir de la 9ᵉ Rue, vers six heures du matin, par ma faute puisque je l'avais entraîné la veille au Beatrice Inn et laissé là en très mauvaise compagnie. J'ai bon dos : je suis la cause de tous les malheurs du monde, j'ai l'habitude, je suis catholique. En même temps, si j'ai passé trente-six heures en prison, c'était pour imiter Jay dans *Lunar Park*. Considérons donc son pied cassé comme l'application d'une manière de loi du talion de la fiction littéraire transatlantique. Il nous arrive d'échanger nos appartements (Jay vient vivre chez moi à Paris et moi chez lui à New York), nous pouvons bien échanger nos malheurs. Je raccroche et soudain j'ai une révélation : mes premiers souvenirs d'adulte se situent à New York. Tout d'un coup, une foule de souvenirs new-yorkais remontent à la surface, se superposent, s'entrechoquent et se confondent. New York est ma deuxième ville, celle où j'ai vécu le plus longtemps après Paris. Dès l'adolescence, mon oncle George Harben m'y logeait dans son appartement sur Riverside Drive. J'avais les clés de chez lui, je rentrais à l'heure que je voulais, j'avais une liberté hallucinante pour un bachelier de seize ans même pas dépucelé. Auparavant, j'avais passé plusieurs étés dans des « summer camps » américains à apprendre le tennis avec Nick Bolletieri et les paroles de *Dust in the wind* du groupe Kansas. George est mort cette année, je ne suis pas allé à son enterrement, l'ingrat que je suis. Plus tard, mon père avait acheté un loft avec baie vitrée dans la Museum Tower, sur la 53ᵉ Rue, au-dessus du MOMA. J'y organisais des afters avec Alban de Clermont-Tonnerre en sortant de l'Area, du Limelight ou du Nell's. Mon père a dû revendre l'appartement quand son frère a déposé le bilan de l'entreprise familiale. Mes souvenirs se mélangent comme dans un Long Island Iced Tea. La première boîte où j'ai traîné seul, sur le toit, à ciel ouvert, s'appelait la Danceteria. J'essayais de ressembler à John Lurie, le saxophoniste des Lounge Lizards. Je portais des chaussettes Burlington et des Sebago marron. Je me souviens que c'était la mode des soirées sur les « roofs ». On allait aux soirées latino du Windows on the World, tous les mercredis soir : mes premières caïpirinhas. Visions de New York comme des surimpressions dans un film. Les nuages défilent en accéléré pour symboliser le temps écoulé. J'ai commencé par aimer New York parce

que j'y étais seul. Pour la première fois de ma vie,
je pouvais aller où je voulais, me faire passer pour
quelqu'un d'autre, m'habiller autrement, mentir à
des inconnus, dormir le jour, traîner la nuit. New
York donne aux adolescents du monde entier
l'envie de désobéir comme Holden Caulfield : ne
pas rentrer chez soi est une forme d'utopie. Quand
on vous demande votre prénom, décliner une fausse
identité. Raconter une autre vie que la sienne, c'est
le minimum pour devenir romancier. J'avais même
fait fabriquer de faux papiers sur la 42e Rue pour
faire croire que j'étais majeur. New York est la ville
qui m'a fait comprendre que j'allais écrire, c'est-
à-dire enfin parvenir à me libérer de moi-même (du
moins le croyais-je à l'époque), réussir à me faire
passer pour quelqu'un d'autre, devenir Marc Marronnier ou Octave Parango, un héros de fiction.
J'y ai pondu ma première nouvelle (« Un texte
démodé »). J'ai inventé là-bas celui qu'on prend
pour moi depuis vingt ans. Nous étions quel-
ques-uns à vivre, dans des appartements vides,
notre premier été de liberté. On s'invitait entre ados
ivres, on roulait des mécaniques plus souvent que
des pelles, on rentrait à cinq heures du matin dans
des taxis plus bourrés que nous, on frissonnait dans
l'Avenue A en sortant du Pyramid. À l'époque, New
York était encore une cité dangereuse, pleine de
putes, de drag-queens et de dealers. On se donnait
des frissons, on se prenait pour des hommes, mais
on ne se droguait pas, sauf au Poppers. D'après mes
calculs, ce devait être en 1981 ou 1982. J'achetais

des disques chez Tower Records sur Broadway. Le magasin vient de fermer ses portes, ruiné par le téléchargement. On allait jeter du riz au Waverly Theater de Greenwich Village, qui projetait le *Rocky Horror Picture Show* tous les samedis à minuit. Cette salle de cinéma n'existe plus. Tant de choses ont disparu à New York... Je ne me nourrissais que de hot dogs, de bretzels, de Bubble Yum et de Doritos trempés dans du guacamole. Garnement égaré et heureux... orphelin volontaire. Un matin, je m'en souviens distinctement, je me suis rendu compte que j'avais grandi, que je faisais mes courses pour le soir, que j'étais adulte avant d'être majeur. Mon enfance s'arrête ce matin-là. J'ai été un adulte dans un corps d'enfant, puis, un beau matin, je suis devenu un enfant dans un corps d'adulte. La seule différence : enfant je voyais souvent le soleil se coucher ; adulte, je le vois souvent se lever. Les aubes sont moins sereines que les crépuscules. Combien m'en reste-t-il ?

42
Bilan

Le temps envolé ne ressuscite pas, et l'on ne peut revivre une enfance enfuie. Et pourtant…

Ce qui est narré ici n'est pas forcément la réalité mais mon enfance telle que je l'ai perçue et reconstituée en tâtonnant. Chacun a des souvenirs différents. Cette enfance réinventée, ce passé recréé, c'est ma seule vérité désormais. Ce qui est écrit devenant vrai, ce roman raconte ma vie véritable, qui ne changera plus, et qu'à compter d'aujourd'hui je vais cesser d'oublier.

J'ai rangé ici mes souvenirs comme dans une armoire. Ils ne bougeront plus d'ici. Je ne les verrai plus autrement qu'avec ces mots, ces images, dans cet ordre ; je les ai fixés comme quand, petit, je jouais à Mako moulage, sculptant des personnages avec du plâtre à prise rapide.

Tout le monde pense que j'ai raconté souvent ma vie alors que je viens juste de commencer. J'aimerais qu'on lise ce livre comme si c'était mon premier.

Non que je renie mes œuvres précédentes, au contraire j'espère qu'un jour on s'apercevra… bla-blabla. Mais jusqu'à présent j'ai décrit un homme que je ne suis pas, celui que j'aurais aimé être, le séducteur arrogant qui faisait fantasmer le BCBG coincé en moi. Je croyais que la sincérité était ennuyeuse. C'est la première fois que j'ai essayé de libérer quelqu'un de beaucoup plus verrouillé.

On peut écrire comme Houdini détache ses liens. L'écriture peut servir de révélateur, au sens photographique du terme. C'est pour cela que j'aime l'autobiographie : il me semble qu'il y a, enfouie en nous, une aventure qui ne demande qu'à être découverte, et que si l'on arrive à l'extraire de soi, c'est l'histoire la plus étonnante jamais racontée. « Un jour, mon père a rencontré ma mère, et puis je suis né, et j'ai vécu ma vie. » Waow, c'est un truc de maboul quand on y pense. Le reste du monde n'en a probablement rien à foutre, mais c'est notre conte de fées à nous. Certes, ma vie n'est pas plus intéressante que la vôtre, mais elle ne l'est pas moins. C'est juste une vie, et c'est la seule dont je dispose. Si ce livre a une chance sur un milliard de rendre éternels mon père, ma mère et mon frère, alors il méritait d'être écrit. C'est comme si je plantais dans ce bloc de papier une pancarte indiquant : « ICI, PLUS PERSONNE NE ME QUITTE ».

Aucun habitant de ce livre ne mourra jamais.

Une image qui était invisible m'est soudain apparue dans ces pages comme quand, petit garçon, je plaçais une feuille blanche sur une pièce de 1 franc et que je gribouillais au crayon sur le papier pour voir la silhouette de la semeuse se dessiner, dans sa splendeur translucide.

43

Le A de l'Atlantide

La France était à l'époque contrôlée par un homme qui pensait que la religion donnait un sens à la vie. Raison pour laquelle il organisait cet enfer ? Cette ridicule mésaventure ressemble à une parabole catholique. L'épisode pathétique du capot m'a ouvert des horizons comme la pomme tombée sur le crâne de Newton. J'ai décidé de ne plus être quelqu'un d'autre. Ils veulent que je joue à l'enfant prodigue, que je rentre à la maison ? Je deviens moi mais qu'on ne se méprenne guère : jamais je ne rentrerai dans le droit chemin. Le Dépôt fut ma géhenne. Me voilà damné, il ne me reste plus qu'à croire. La chose la plus catholique chez moi, c'est ceci : je préfère que mes plaisirs soient interdits. Je ne méritais pas d'être humilié publiquement, mais je sais désormais que j'en prendrai toujours le risque. Toujours j'échapperai à votre contrôle. Vous m'avez déclaré la guerre. Je ne serai jamais des vôtres ; j'ai choisi l'autre camp. « Je me trouve fort à l'aise sous ma flétrissure », écrit Baudelaire à Hugo après l'interdiction des *Fleurs du Mal*. Ne me croyez pas quand je vous sourirai, méfiez-vous de moi, je suis un kamikaze trouillard, je vous mens lâchement, je suis irrécupérable et gâté, gâté comme on le dit d'une dent complètement fichue. Quand je pense qu'on me traite de mondain alors que je suis asocial depuis 1972... Certes je porte une veste et une cravate, et mes chaussures ont été cirées hier par le personnel d'un palace parisien. Pourtant je ne suis pas des vôtres. Je descends d'un héros mort pour la France, et si je me détruis pour vous, c'est de famille. Telle est la mission des soldats comme des écrivains. Chez nous, on se tue pour vous sans être des vôtres.

Ainsi vagabondaient mes pensées, à la remise de la Légion d'honneur de mon frère, dans la salle des fêtes du Palais de l'Élysée, peu après ma sortie du Dépôt. Ma mère avait mis des boucles d'oreilles rouges, mon père un costume bleu marine. Tandis que le président de la République épinglait la veste de Charles, ma filleule Émilie, sa fille de trois ans, s'écria : « Maman, j'ai envie de faire popo. » Le président fit mine de ne pas entendre ce propos anarchiste. De l'extérieur, nous semblions une famille unie. Appuyé contre une colonne dorée, je me suis peigné les cheveux avec les doigts. C'est devenu un tic, je le fais souvent quand je ne sais où poser mes mains ; en me recoiffant j'en profite pour me gratter la tête. Le froid embuait les vitres donnant sur le parc. Je me suis approché pour contempler les arbres et soudain, orgueilleusement, j'ai dessiné avec mon index la lettre A sur la fenêtre givrée.

Épilogue

Aujourd'hui mon nez ne saigne plus comme quand j'ai cru que j'allais mourir à sept ans. À Guéthary je sniffe de l'iode. Deux semaines après ma sortie du Dépôt, la Rhune découpe le bleu dans mon dos. À ma gauche, les Pyrénées plongent dans l'océan. À ma droite, l'eau était si froide que la falaise a reculé : l'Atlantique l'use et l'effraie. Dans deux mètres, j'aurai cent ans. Ma tante Marie-Sol m'a dit que d'ici, en 1936, on voyait la ville d'Irun flamber la nuit. Puis la guerre est arrivée en France, et mon grand-père l'a perdue. Je marche sur les rochers de la plage de Cénitz, en février 2008, la main de ma fille serrée dans la mienne. Les embruns me servent de brumisateur Évian. Malheureusement, la pêche à la crevette est interdite par arrêté municipal depuis 2003. Ce n'était pas ma plage préférée, pourtant aujourd'hui j'y tremble de joie. La marée est basse ; à l'aide de ses fines gambettes interminables, ma fille saute de rocher en rocher comme un cabri. Un cabri qui porterait une doudoune beige, une paire de bottes en daim et chanterait *Laisse tomber les filles* de France Gall. Un cabri qui parfois pose des questions philosophiques :

— Papa ?

— Oui ?

— Tu préfères croire, penser ou trouver ?

— Hein ?

— Tu préfères dire : « je crois que », « je pense que » ou « je trouve que » ?

— Euh… « Je trouve que », c'est plus modeste.

— Donc tu préfères trouver.

— Plutôt que penser ou croire, oui. C'est plus facile.

Trente-six ans plus tôt, par cet après-midi d'unique mémoire, mon grand-père m'a appris autre chose que la pêche à la crevette : il m'a aussi enseigné l'art du ricochet.

— L'important, professait-il, c'est de bien choisir son galet. Il faut qu'il soit plat et rond. Regarde.

Il n'y avait personne d'autre que nous, ce seul jour dont je me souvienne. Pierre de Chasteigner s'était penché derrière moi pour m'indiquer le geste parfait, face à la mer, accompagnant mon bras avec le sien, comme le font les professeurs de golf ou de tennis. L'ancien combattant aux cheveux blancs avait le temps de montrer à son petit-fils maigrichon comment on jetait un caillou afin qu'il rebondisse sur l'eau.

— Tu te tournes en arrière pour prendre ton élan, comme ça, voilà. Et hop, tu laisses ton galet partir.

— Plouf.

— Ah non Frédéric, celui-ci était trop lourd.

Mon caillou avait coulé lamentablement au fond de la mer, creusant des ronds dans l'eau noire, comme les sillons d'un disque de vinyle. Mon grand-père m'encouragea à réessayer.

— Mais… Bon Papa, ça ne sert à rien les ricochets !

— Ah si, c'est très important. Ça sert à braver la pesanteur.

— La pesanteur ?

— Normalement, si tu jettes un caillou dans la mer, il coule au fond de l'eau. Mais si tu fais un angle de vingt degrés et que tu lances bien ton galet, tu peux remporter une victoire contre la pesanteur.

— Tu perds mais plus lentement.

— Exact.

Voilà une chose que mon grand-père m'a apprise. Je ne saignais plus du nez, du moins je n'y pensais plus. Il corrigeait mon geste, patiemment.

— Regarde, il faut pivoter tel le Discobole.

— C'est quoi le dixobole ?

— Une statue grecque. Pas grave. Fais comme si tu voulais lancer un disque.

— Un peu comme un Frisbee, quoi.

— C'est quoi un Frisbee ?

— Ben le machin rond, là, qu'on s'envoie sur la plage…

— Arrête de m'interrompre ! Alors voilà, tu te tournes comme ça, tu te mets de côté et hop, tu jettes le galet de toutes tes forces, mais bien plat sur l'eau, regarde, je te montre.

Je me souviens très bien qu'il avait réussi le swing parfait, je le revois encore avec une effrayante netteté, c'était merveilleux, à la limite du surnaturel : son galet avait tenu une éternité sur la mer, rebondissant six, sept, huit, neuf fois... Figure-toi, Chloë, que les cailloux de ton arrière-grand-père marchaient sur l'eau.

Aujourd'hui, je marche avec ma fille sur la plage de Cénitz, en plein hiver, et les galets me tordent les chevilles, et le vent me brouille la vue. L'herbe verte est derrière moi, l'océan bleu devant. Me voici courbé vers le sol, pour essuyer mes yeux avec le revers de ma main. Ma fille me demande ce que je fais accroupi sur cette plage tel un crapaud. Je réponds que je prends mon temps pour choisir le bon galet ; en réalité j'essaie tant bien que mal de cacher mes souvenirs qui coulent derrière mes cheveux.

— Mais... tu pleures, papa ?

— Pas du tout voyons. Un coup de vent m'a envoyé un grain de sable dans l'œil... Hé hé chérie ! L'instant est solennel, attention-attention, roulement de tambour, voici venu le temps de t'apprendre l'art du ricochet. Mon grand-père m'a appris ce truc quand j'avais ton âge.

Je ramasse une pierre bien circulaire, plate, pas trop lourde, grise comme un nuage. Puis je fais semblant de me raviser.

— Mais ça ne va pas t'intéresser, ce n'est pas un jeu Nintendo DS.

— Eh oh ! Je suis plus un bébé, moi !

— Non mais ce n'est rien, laisse tomber, ça va t'ennuyer…

— C'est quoi le ricochet ? Allez, papa, apprends-moi, steuplaît !

— Tu es sûre que tu veux que je te transmette le secret de ton arrière-grand-père ? On peut rentrer regarder le DVD d'*Hannah Montana* pour la 8 000ᵉ fois si tu veux.

— Gnêgnêgnêêêêê. Très drôle. T'es pas gentil.

— Bon, d'accord. Souviens-toi de ce que je vais te montrer : on peut marcher sur l'eau. Regarde-moi bien, tu vas voir ce que tu vas voir.

À l'aide de ses dents en avant héritées de moi, Chloë mordille sa lèvre inférieure. Nous sommes tous les deux très concentrés, les sourcils froncés. Il ne faut pas que je rate mon coup, la durée d'attention de ma fille est très brève, je sais que je n'aurai pas de seconde chance. Je pivote doucement. Je dessine un arc de cercle, le bras bien tendu en arrière, la main horizontale, tel un champion olympique. Puis je me dévisse à toute force et lance le caillou sur la mer étale, rasant la surface, avec un coup très sec du poignet. La pierre fonce vers la mer, et avec ma fille, nous la regardons, émerveillés, rebondir une fois, suspendue entre le ciel et l'eau, et ricocher, rebondir encore, six, sept, huit fois, comme si elle volait pour toujours.

Pau, Sare, Guéthary, janvier 2008-avril 2009.

Table

Frédéric Beigbeder
dans Le Livre de Poche

Au secours, pardon n° 31059

« Dehors, le blizzard soufflait ; devant le café Vogue, trois chevaux-taxi attendaient en grelottant sous la neige de m'emmener ivre mort à la Galleria contre 200 roubles. Parfois, je vibrais à l'unisson de ce décor de féerie, la blancheur conférait à tout ce qui était visible une aura merveilleuse, et alors, l'espace d'un instant, le monde me semblait bien organisé. » Octave est de retour. L'ancien rédacteur publicitaire de *99 francs* porte désormais une chapka. Il erre dans Moscou, sous la neige et les dollars, à la recherche d'un visage parfait. Son nouveau métier ? « *Talent scout* » ; un job de rêve, payé par une agence de mannequins pour aborder les plus jolies filles du monde. Tout le problème est de trouver laquelle.

Vacances dans le coma n° 14070

« Les Chiottes » : tel est le nom du night-club branché que l'on inaugure place de la Madeleine. Marc Marronnier, jeune chroniqueur mondain, s'y rend à l'invitation de son vieux copain Joss, le DJ le plus demandé de New York à Tokyo, virtuose du sampler digital. Top-models de la veille ou du lendemain, visages liftés, stylistes à la page, décadents de tout poil se pressent sur la piste, entre dance music et pilules d'ecstasy. « Le fric permet la fête qui permet le sexe. » Marc, lui, sait bien qu'il ne pense qu'à l'amour. Il le rencontrera à l'aube avec le visage le plus inattendu... Chroniqueur à *Elle* et à *Max*, Frédéric Beigbeder connaît à fond les bars branchés et les fêtes de la jet-set, le noyau dur – cinq cents personnes – des nuits parisiennes. Il aime trop ce monde-là pour moraliser. Il le connaît trop pour n'être pas lucide. Chamfort et Balzac étaient de la même trempe.

Du même auteur :

MÉMOIRES D'UN JEUNE HOMME DÉRANGÉ, *roman*, La Table Ronde, 1990.

VACANCES DANS LE COMA, *roman*, Grasset, 1994.

L'AMOUR DURE TROIS ANS, *roman*, Grasset, 1997.

NOUVELLES SOUS ECSTASY, L'Infini / Gallimard, 1999.

99 FRANCS, *roman*, Grasset, 2000.

DERNIER INVENTAIRE AVANT LIQUIDATION, *essai*, Grasset, 2001.

WINDOWS ON THE WORLD, *roman*, Grasset, 2003 ; Prix Interallié.

JE CROIS, MOI NON PLUS *(dialogue avec Jean-Michel di Falco)*, Calmann-Lévy, 2004.

L'ÉGOÏSTE ROMANTIQUE, *roman*, Grasset, 2005.

AU SECOURS, PARDON, *roman*, Grasset, 2007.

Composition réalisée par PCA

Achevé d'imprimer en février 2011, en France sur Presse Offset par
Maury-Imprimeur - 45330 Malesherbes
N° d'imprimeur : 161755
Dépôt légal 1ʳᵉ publication : août 2010
Édition 04 - février 2011
LIBRAIRIE GÉNÉRALE FRANÇAISE - 31, rue de Fleurus - 75278 Paris Cedex 06